안 녕
다정한
사람

안 녕
다정한
사람

글

은희경
이명세
이병률
백영옥
김 훈
박칼린
박찬일
장기하
신경숙
이 적

사진

이병률

먼 후일, 기억하게 되겠지요

. . .
. . .

어느 날, 중앙일보 손민호 기자의 기운찬 전화를 받는 것으로 우리의 길은 시작
되었다.

— 열 명이 여행을 떠나는 프로젝트입니다. 열 개의 프로젝트 모두에 동행하고,
  모두 사진을 찍어주세요.

열 번이라는 숫자도 나를 두근거리게 했지만 평소 좋아하는 분들과 다른 것도 아
닌, 여행을 갈 수 있다는 사실이 벅차고도 크게 다가왔다. 그렇기에 무엇보다도
나는 포토그래퍼의 자격이라기보다 동반의 자격이었던 것 같다. 사진을 찍는 일
보다 동반하는 일이 행복했고 사실이지 그 일에만 열심이었던 같다.
멋진 풍경 앞에서 말을 하지 않는 시간도, 말을 잇는 시간도 아름다웠다. 그들이
나눠준 시간이 소중해서 내 일 년은 찬란했다.

나 혼자 떠난 여행을 제외하고는 각각의 아홉 번의 여행을 아홉 분과 동행했다.
기꺼이 동반을 허락해준 아홉 분에게 경의와 고마움을 전한다.
김훈 선생님은 여정 내내 마치 아프리카 출신의 코미디언처럼 즐거움을 주셨다.
몇 번 여행을 함께한 적이 있는데 먼 길에서는 특히 더 살갑게 변신하는 분이다.

은희경 선배와는 소풍 떠나듯 떠났다. 소풍길에 눈에 띄는 모든 와인들을 마시자고 제안했고 물론 눈에 띄지 않는 와인까지 마셨다. 그 길 덕분에 선배에게 와이너리 하나를 선물하는 것이 나의 꿈이 되었다. 선배님, 어디로 알아볼까요.

신경숙 선배는 일 년 전에도 같이 걸었던 적이 있는 맨해튼의 길들을 다시 걸었다. 길눈이 어두운 분인데 모든 길에서 그렇게 날아다니는 모습은 처음이었다. 걷다가 길가에서 소리내어 웃는 일이 참 많았다. 뭔가 한 가지 상황을 앞에 두고 배를 잡고 웃는 일, 나는 선배와 하는 일 중에 그게 제일 좋다.

이적 군은 시장을 산책나갔을 때의 일이 제일 먼저 떠오른다. 그렇게 좋아할 수가. 나비 한 마리를 열대과일이 자라는 하우스 안에 풀어놓은 것 같았다. 한 사람이 뭔가 좋아하면 그 옆에 있는 사람도 같이 좋아지는 것. 그게 여행인지도 모른다.

장기하 군에겐 그가 하고 싶은 모든 걸 할 수 있게 해주는 능력 있는 형이 되고 싶었다. 늘 하고 싶은 것만 하면서 사는 나처럼 그에게도 최대의 것, 최고의 것을 주고 싶었다. 그래서 자주 혼자 있게 하고 자주 혼자서 다니라 했다. 하하.

이명세 감독님과는 하루 한 시간씩 숙소 수영장에서 수영을 즐긴 기억이 강렬하다. 깊은 밤 어느 식당에 들어가 소주를 마시며 감독님의 어떤 이야기를 듣게 되었는데 아, 인간적인 이야기에 숙연해져서 난 그만……. 멀리 여행왔다는 핑계로 불쑥 후배에게 마음을 연 것이다.

백영옥 작가는 핑크 돌고래를 보러 가는 뱃길에 멀미를 두려워하는 내게 멋진 벗이 되어주었다. 워낙 그녀의 캐릭터를 좋아해서 언제 한번 여행을 같이 갔으면 했었는데 나란 사람, 정말 복도 많다.

박칼린 씨는 내가 정말 좋아하는 친구. 그 무엇보다 뜨거운 온도를 지녔으며 마음 선이 굵은 친구다. 여행의 분위기를 위해 탄력을 수혈해주는 일을 자처했다. 그녀는 정말이지 여행에 있어서도 올림픽 금메달감이다.

박찬일 셰프는 내가 닮고 싶은 형이 되었음을 고백한다. 그의 솜씨가 그렇고 그의 지적인 사고의 기력지가 그렇고 그가 부러 탈색시킨 듯한 내면의 다면이 매력인 사람이란 걸 알게 되었다.

그렇다. 여행은 그 사람을 알게 해준다. 그 사람을 알고 싶어서도 함께 떠난다.

여행에서 돌아오면 늘 여행의 안부를 물어봐주던 후배가 있었다. 여행 어땠어요? 같이 간 분하고는 어땠어요? 나는 매번 행복했으므로 번번이 눈을 가늘게 뜨고 웃었을 것이다. 그 질문에 대한 답변들을 하나하나 짧게나마 여기 옮겨 적다보니 각기 다른 열 군데의 바다에 푹 빠져 지내다 돌아온 기분이 든다. 그래, 지난 일 년, 나는 사람의 바다에 살았다.

그리하여 열 개의 바다를 하나로 모으게 되었다. 바다는 어쩌면 조금씩 비슷하며 또 다르다. 누구와 바다에 갔느냐가 중요한 것처럼, 어쩌면 바다를 대하는 마음에 따라 색깔 또한 다를 것이다.

이 책을 읽는 내내 오랜만에 다정해질 것 같다. 이 책의 주인공은 사람이기도 하지만, 역시도 그 따뜻했던 '길'들이 주인공이기 때문이다.

식사를 함께 나누는 일. 말을 이어가는 일. 가방을 지켜달라며 길을 묻고 돌아오는 일. 마음의 높낮이를 살피는 일. 맥주 한잔을 마주 놓는 일. 모두. 같이라서 좋았다. 나와 함께해준 그들도 그랬었다면 좋겠다.

고마운 분들에게도 마음을 전한다. 삼성카드 손민혁 과장의 푸근하고도 각별한 뒷받침이 없었더라면 아마도 이 프로젝트는 마지막 골인지점까지 순항하지 못했을 것이다. 그에게 뭘 부탁하거나 물으면, 대답은 모두 저지르라는 식으로 늘 OK였다. 한·남태평양 해양연구센터^{KSORC}, 홍콩 관광청, 캐나다 관광청, 뉴칼레도니아 관광청, 여행박사, 핀란드 로바니에미 관광국 마케팅 파트너^{GEOCM}, 그리고 중앙일보의 박선영 매니저의 넉넉한 마음들을, 듬뿍 과하게도 받았다.

모두를 대신하여 앞에 씀,
이병률

CONTENTS

애인 만나러 호주에 갔지요,
그의 이름은 와인이고요
흠뻑 취했답니다, 저 풍경 때문에

은희경에게 여행은
낯선 사람이 되었다가 다시 나로 돌아오는 탄력의 게임.

은희경 ··· 소설가. 1959년 전북 고창 출생. 1995년 동아일보 신춘문예로 등단. 대표작으로
소설 『새의 선물』 『아름다움이 나를 멸시한다』 『타인에게 말걸기』 『소년을 위로해줘』 『태연
한 인생』, 산문집 『생각의 일요일들』 등이 있다. 동인문학상, 이상문학상, 동서문학상, 한국일
보문학상 등을 수상했다.

1
∞

새로운 풍경 속에서 문득 나의 지나가버린 시간을 만나기도 하는데, 그 시간 속에는 언제나 사람들이 있다.

2
∞

오래전 조금 친했던 사람이 말했다. 와이너리에 가본 적 있어요? 끝없이 펼쳐진 포도밭과 흘러가는 흰 구름을 바라보며 천천히 붉은 술을 한 모금씩 마시다보면, 어느샌가 하늘이 노을빛으로 덮여 있죠. 그때 언덕에 나가 누워보세요. 흙과 풀의 냄새가 귓불을 타고 콧속으로 흘러들어오는 느낌이에요. 부드러운 바람이 살갗을 스치며 취기를 식혀주고. 순간 이상하게 슬퍼져요. 그 상태로 깜빡 잠이 드는데 꿈 같은 건 꾸지 않아요. 짧고 달콤한 죽음 같다니까요. 와이너리에 가보세요.

그 말을 들은 뒤 나는 여러 차례 와이너리에 가게 되었지만 그가 말한 경험은 하지 못했다. 이젠 그 사람과는 조금도 친하지 않기 때문에 그곳이 어디인지 물어볼 수도 없다.

내가 기억하는 인상적인 와이너리는 시애틀 추장의 무덤이 있는 섬의 아주 작은 와이너리이다. 다랑논을 연상시키는 조그만 포도밭 사이로 수도원처럼 정갈한 하얀 건물이 있었다. 돌아오는 배 시간에 쫓겨 맛도 보지 못한 채 급히 포장한 화이트 와인 한 병. 몇 달이 지난 뒤에야 팽개쳐두었던 가방 안에서 발견했다.

그 무렵 나는 미국 서부도시 시애틀에서 두번째 겨울을 보내고 있었다. 우기라서 매일같이 비가 부슬부슬 내렸다. 불꽃이 타오르는 벽난로 앞에 앉아 마셨던 그 화이트 와인의 맛을 잊을 수 없다. 한 모금 마시자 불현듯 화창했던 지난여름 배를 타고 건너갔던 작은 섬의 정갈한 포도밭이 눈앞을 스쳐갔다. 혀끝에서 조용히 인사를 나누더니 이내 신비롭고 서늘한 매혹으로 입안을 장악했고, 삼킨 뒤까지 오래 남아 향기의 품위를 지켰다. 그리고 이상하게도 그리움 같은 맛이었다. 애잔하고 아련했다. 나는 유리창 너머로 먼 밤하늘을 가로지르는 비행기의 붉은 점멸등을 물끄러미 바라보며 그 술을 천천히 목 안으로 넘겼다.

술의 맛을 만드는 조건은 수없이 많을 것이다. 가장 결정적인 것은 그 술을 마시는 순간 내가 붙잡은 시간인지도 모른다는 생각을 한다. 오래전 조금 친했던 그 사람. 그 사람이 힘든 사랑 때문에 붉은 와인에서 죽음의 달콤한 맛을 느꼈듯이. 그리고 내가 서늘하고 향기로운 화이트 와인의 맛에 오래 떠나 있던 집을 떠올렸듯이, 밤의 비행기 불빛을 그리움 속에 가만히 바라보았듯이.

8월의 와이너리 여행이라는 말을 듣고 나는 가장 먼저 태양의 열기를 식혀줄 싱그러운 포도밭 그늘을 떠올렸다. 그러나 목적지는 지구 남쪽의 호주였다. 남반구에는 봄이 찾아오는 계절이다. 서서히 깨어나는 대지의 품에서 포도나무도 이제 겨우 기지개를 켜고 있을 것이다. 겨울 끝자락의 와이너리는 어떤 풍경일까. 포도밭 가득 초록잎이 넘실대는 계절도 넝쿨이 휘도록 탐스러운 포도송이가 매달리는 계절도 아닌 초봄, 열매는 떨어진 지 오래이고 새 잎은 아직 돋아나기 전. 어쩌면 포도나무는 결정적 시간이 담길 향기에 대한 기나긴 꿈을 막 완성했을지도 모른다.

비행기로 열 시간, 그런데도 호주와 한국의 시차는 한 시간밖에 나지 않았다. 지도에서 볼 때 가로로 이동한 게 아니라 세로로 아래를 향해 내려왔던 것이다. 시간이란 세계를 세로 방향으로 나누어 정한 것이다. 시차가 곧바로 거리차가 될 수는 없다. 이처럼 통념이 깨지는 것도 여행의 신선함 중 하나이다. 생각이든 몸이든, 익숙한 것들을 떠나 낯섦을 찾아 떠나는 것이니까. 남반구, 겨울의 와이너리, 호주에만 있는 야생동물들, 대륙의 하늘, 그리고 모르는 사람들.

여행이란 멀어지기 위해 가는 것이다. 그리하여 돌아올 거리를 만드는 일이다.

멀어진 거리만큼 되돌아오는 일에서 나는 탄성彈性을 얻는다. 그 탄성은 날이 갈수록 딱딱해지는 나라는 존재를 조금 유연하게 만들어준다. 함부로 혹은 지속적으로 잡아당겨지더라도 조금쯤은 다시 나로 되돌아갈 수 있도록.

6
∞

와이너리는 어디 있어요? 내 질문에 곧바로 대답이 돌아왔다. 그야 언덕에 있죠. 이름은 헌터 밸리예요. 지금 출발하겠습니다.

몹시 변덕스러운 날씨였다. 하늘 높이 흰 구름이 펼쳐지면서 푸른 초원 위에 선명한 검은 그림자를 새겨놓는가 하면, 어느 순간 뿌옇게 시야가 흐려지며 빗줄기가 골짜기 구석구석을 적셨다. 휴게소 주차장에 차를 세우고 비를 뚫고 뛰어가 커피를 샀다. 차 안에서는 음식물을 먹지 못하게 돼 있었으므로 뜨거운 커피를 급히 마셔야 했는데, 몇 모금 마시기도 전에 다시 날씨가 화창해졌다. 몇 개의 언덕을 넘어가는 동안에 다시 또 비가 뿌리기 시작했다. 아무리 고개를 젖혀도 한눈에 들어오지 않아 몸을 돌려가며 봐야 하는 광활한 하늘. 그 아래 스펙터클 화면으로 펼쳐지는 대륙의 언덕들. 그 때문이었을까. 헌터 밸리 입구의 와이너리에 도착했을 때는 실제보다 훨씬 먼 거리를 헤쳐온 기분이었다.

여행중에 발길을 멈춘다. 그래, 계절이 정반대라고 했지. 세상의 절반을 가득 채운 듯 피어 있
는 수선화 언덕에 올라 남반구의 봄을 껴안는다.

와이너리 카페의 문을 열고 들어서자마자 눈에 들어온 것은 벽난로 앞에 마주 앉아 술잔을 기울이는 노부부. 벽난로의 따스한 기운과 부드러운 취기에 물든 그들의 얼굴은 몹시 한가로웠다. 어깨에 떨어진 몇 방울의 비를 털며 나도 자리를 잡았다. 노부부는 거의 말을 나누지 않았다. 각기 생각에 잠겨 있다가 어쩌다 눈이 마주치면 미소와 함께 술잔을 가볍게 들어 술을 권하는 몸짓을 주고받을 뿐이었다. 더없이 다정하고 자연스러운 그 몸짓 속에는 긴 시간을 함께한 사람들만이 공유하는 관습과 품위가 느껴졌다. 마치 변하는 날씨도 흘러가는 시간도 끼어들 수 없는 독립된 시공간, 그런 곳이 바로 와이너리라고 말하는 듯이.

'다운 언더'의 '아웃백' 스테이크로 점심을 먹으며 호주에서의 첫 와인을 맛보았다. 와인은 그 향기와 자태가 마치 하찮은 비밀 이야기를 들어주면서 나를 서서히 뜨겁게 만드는 은밀한 애인 같은 술이다. 값싼 술이 아니기 때문에 열정과 속도도 살짝 조절이 된다. 하지만 지금 내 눈앞에는 사방 20킬로미터 안에 백이십 개의 와이너리가 펼쳐져 있다. 골짜기마다 각기 다른 술맛과 다른 풍경 백여 개가 숨어 있는 것이다. 비가 뿌리는 광대한 포도밭 언덕을 바라보며 나는 세상의 어떤 술집 거리도 이보다 멋질 수는 없으리라는 생각을

하고 있었다. 그리고 헌터 밸리에서는 조절 같은 건 전혀 어울리지 않는 짓이
라는 생각과 함께.

호주에서 가장 오래된 와인 농장은 1877년 세워진 맥윌리엄스 와이너리라
한다. 6대째 와인을 생산하고 있다. 린더만 와인은 나에게도 이름이 익숙했
다. 유럽 와인이 대세이던 1882년에 이미 국제와인전시회에 출품되었고 미
국의 와인잡지 『Wine & Spirits』에 열 번이나 올해의 와이너리로 선정되었
다. 시드니 올림픽 때의 공식와인이기도 하다.

나는 그런 공식적 자랑보다는 영국 해군의 군의관으로 호주 땅을 밟은 린더
만 씨와 그의 아내의 이야기가 더 흥미로웠다. 그전까지 호주를 지배하던 술
은 뱃사람들의 술, 럼주였다. 그 부부가 와이너리를 만들고 와인 즐기는 법
을 가르침으로써 외진 섬나라(?)의 술 문화가 바뀐 것이다. 그 이야기를 영
화로 만들면 어떨까. 거칠고 황량한 대륙에 도착한 린더만 씨 부부는 두려
움과 고독을 잊기 위해 럼주를 한 모금 입에 댔다가 우웩하고 뱉어버린다. 그
걸 첫 장면으로 시작하는 것이다. 거만하고 편견 많고 아름다운 아내 역에는
물론 호주 출신인 니콜 키드먼. 나는 〈도그빌〉에서의 그녀가 가장 좋지만,
〈아이즈 와이드 셧〉에서 와인을 마시는 그녀의 모습은 고혹적이라는 표현
외에 어떤 말도 떠오르지 않을 만큼 인상적이었다.

시드니의 갈매기는 좀처럼 사람 주변을 떠나
지 않는다. 먹을 것을 나눠주지 않을 경우, 부
리로 바짓단을 잡아당기기도 한다.

10

그러나 와이너리의 시음 테이블에서 나를 맞는 여성 매니저는 호주 여인에 대한 내 선입관을 즉각 바로잡아주었다. 벌어진 어깨에 강인해 보이는 턱과 홍조를 띤 흰 피부. 호주 카우보이모자가 어울릴 듯한 두 갈래로 땋아내린 금발. 그녀가 선량한 웃음을 지으며 시음 리스트를 내밀었다. 마음대로 골라보세요. 나는 먼저 호주 와인의 대표격이라고 생각되는 쉬라즈를 골랐다. 그녀가 의아한 얼굴로 물었다. 보통은 가벼운 화이트 와인부터 시작하는데 '심각한' 레드 와인이 괜찮겠어요? 나는 의젓한 술꾼답게 고개를 끄덕거렸다. 그럼 어떤 타입의 와인을 좋아하시죠? 이어지는 그녀의 물음에 내가 대답했다. 달지 않고 드라이한 것, 향이 복잡하거나 강하지 않은 것, 조금 묵직하면서도 산뜻한 느낌. 오케이! 그녀가 웃으며 곧바로 내미는 것은 레드 와인이 아닌 화이트 와인 세미용이다. 표정을 보니 와이너리의 세계에서는 제아무리 고집 센 술꾼이라 해도 미각에 대한 존중의 절차를 밟지 않고는 취기에 이를 수 없다는 듯 득의만면하다. 과연 그것은 혀에 살짝 닿은 다음 순간 스며버리는 새침하고 깔끔한 맛이었다. 다른 화이트 와인 두 종류를 맛본 뒤에 다시 레드 와인 두 종류를 시음했다. 쉬라즈도 맛보았다. 그러나 첫맛이 가장 기억에 남았다. 와인박람회에 참석하는 전문가들의 옆에는 와인을 맛만 보고 뱉어버리도록 통이 준비돼 있다고 한다. 물론 나는 마지막 한 모금까지 달콤하게 삼켰다.

리슬링 와인을 좋아하는 친구를 위해 그 술을 한 병 샀다. 하지만 그날 밤을 넘기지 못하고 병이 다 비워진다 해도 놀라운 일은 아니다. 언젠가 베니스 여행 때 골목을 헤매다가 동네의 작은 양조장을 발견한 적이 있었다. 막걸리를 주전자에 받아오듯 1.5리터 페트병에 담아주는 와인을 사들고 호텔방에 들어설 때까지는 그것이 나의 술친구들에게 특별한 선물이 될 거라고 생각했다. 다음날 아침 일어나보니 빈 병이 되어 있었다. 좋아하는 물건을 선물로 고르면 한순간 그것이 자신을 위한 선물로 바뀌어버리는 일이 종종 있는데 나에게는 술이 그렇다.

유럽 여행중 책방에서 예쁜 노트를 보고 후배 생각이 났다. 초록색과 핑크색 중 어떤 걸 살까 고민하다가 결국 두 권을 다 사서 후배에게 주었다. 선물을 받아든 그 후배는 두 권 중 한 권을 도로 내게 내밀며 말했다. 언니 거는 안 샀지? 이런 속깊고 사랑스러운 사람 같으니. 한동안 여행을 갈 때마다 그 후배의 선물을 빼놓은 적이 없었다.

프랑스의 와이너리는 주로 오래된 샤토이다. 골프를 치고 나서 근처 와이너리에 들러 맛있는 음식과 와인을 먹은 뒤의 노곤한 낮잠이야말로 지상 최대의 행복이라고 말하는 친구가 있었다. 그에 비하면 미국의 와이너리는 훨씬 규모가 크다. 부자들이 자기 집안 소유의 와이너리에서 결혼식을 올리는 장면을 영화에서 몇 번 본 적이 있다. 경비행기를 운전하다 사고로 죽은 케네디 2세도 와이너리 파티에 다녀가는 길 아니었던가? 그런 이미지 때문인지 나에게는 미국의 와이너리가 전원의 낭만에 더해, 고풍스럽고 귀족적인 분위기를 연출하려는 인상을 풍겼다. 그런데 호주 와이너리에는 그것들과 다른 뭔가 색다른 게 있다. 끊임없이 이어지는 광대한 자연, 그것을 어떤 다른 존재와 공유하고 있다는 느낌이 든다. 한쪽 언덕이 포도밭이라면 다른 쪽 언덕은 바로 목장이다. 포도가 익어가는 옆 골짜기에서 소와 양들이 풀을 뜯는다. 와인과 거름이 같이 숙성된다. 호주 와인에는 야생이 스며드는 것이다.

호주에 대한 나의 첫 기억은 지도에 인쇄된 작은 글씨이다. 학창 시절 친구
와 지리부도를 펼쳐놓고, 한 사람이 어떤 지명을 지목하면 다른 사람이 그걸
지도에서 찾아내는 놀이를 하곤 했다. 난이도를 높이기 위해 우리는 되도록
가장 작은 글씨를 지목했다. 어떤 곳인지 전혀 상상할 수도 없으며 평생 가보
지 못할 장소의 이름이었다. 친구가 호주의 어떤 지명을 댔을 때 나는 끝내
맞히지 못했다. 바다 아래 쪽에도 대륙이 있다는 데에 주의를 기울이지 않
았던 것이다. 그때의 나에게 호주는, 전혀 상상할 수 없으며 평생 가보지 못
할 먼 장소 중에서도 가장 아득한 곳이었다.

오래전 호주에서 사온 선물을 받은 적이 있다. 초록과 상아색과 코발트빛이
오묘하게 섞인 오팔이었다. 길게 깎은 연필심만했지만 보석은 보석이었다.
선물을 주며 그가 말했다. 목걸이는 비싸서 못 샀고, 그냥 원석이야. 나중에
돈 생기면 네가 목걸이로 만들든지. 그리고 호주에서 찍은 사진을 보여주었
는데, 사진 속의 그는 챙 넓은 펠트모자에 겨자색 반팔 셔츠 차림으로 공원
에서 코알라를 안은 채 어색하게 웃고 있었다. 이놈들이 엄청 무거워. 자느
라고 축 늘어져 있더라고. 안고 사진을 찍는데도 안 깨. 그가 겸연쩍은 얼굴
로 덧붙였다. 좀 미안하긴 하더라.

그때로부터 십 년쯤 지난 뒤 나는 그 오팔에 가는 금줄을 달아 목걸이를 만들었다.

15

그러나 내가 만난 코알라는 공원에서 관광객의 팔에 안겨 있지 않았다. 한 번은 길가의 나무 위에서, 또 한번은 야생동물 보호구역으로 지정된 숲에서 만났다. 물론 두 번 다 유칼립투스 나무에서 자고 있었고, 나는 그들을 깨우지 않도록 숨을 죽여야 했다.

유칼립투스 나무에는 신경안정제 성분이 있다고 한다. 그 잎을 먹으며 생의 대부분을 잠으로 보내는 코알라는 평생 몇 미터밖에 움직이지 않는다. 물도 먹지 않는다. 코알라란 이름도 물을 먹지 않는다는 뜻의 원주민 말이다. 숲에 불이 나면 자신의 식당이자 침실이자 화장실이기도 한 나뭇가지 위에서 그대로 타죽는다. 무위의 비극이라고 해야 할까, 무상의 경지라고 해야 할까. 코알라가 있을 법한 숲을 지나며 길가에 차를 세우고 나무 위를 살펴보았지만 쉽게 찾을 수 없었다. 포기하고 떠나려는 순간 갑자기 나무 위에서 물줄기가 떨어졌다. 위를 살펴보니 축 늘어진 코알라가 눈을 감은 채 오줌을 싸고 있었다. 저래서야, 대체 짝짓기는 귀찮아서 어떻게 하는 것일까. 또 새끼는 어떻게 키울 것이며.

야생동물 보호구역 안의 전시실에서 그런 궁금증이 조금 풀렸다. 호주 야생
동물들의 생태에 대한 자료가 다양하게 전시되어 있었다. 특히 내 흥미를 끈
것은 버튼으로 작동되는 암컷 코알라의 목소리. 그것은 뜻밖에도 날카롭고
공격적이며 약간 거만했는데, 바로 수컷을 거부할 때 내는 소리라고 한다.
꺼져, 이 짐승 같은 놈! 뭐 이런 식일까. 그러고 보니 나의 단편소설 「아내의
상자」도 수컷을 거부하는 암컷 초파리의 이야기에서 아이디어를 얻었고, 처
음 제목은 '붙임 파리'였다. 또 내 스마트폰에는 모기 퇴치 어플이 깔려 있는
데 그 역시 알을 밴 암컷이 수컷의 소리를 싫어하기 때문에 그 소리를 채집한
것이다. 제 몸을 제가 지키겠다는 늠름하고 이성적인 암컷들, 꽤 피곤하다.

야생동물 보호구역 안에는 코알라 말고 다른 동물도 많았다. 관광객들은 가지 위에 잠들어 있는 코알라를 발견하거나 숲 사이를 경중경중 뛰어다니는 캥거루를 발견할 때마다 그 숲의 주인들에 대한 예의로 조용히 숨을 죽었다. 물론 사진 촬영은 금지돼 있었다. 동물과 어울려서 찍은 사진은 모두 관광상품의 하나인 농장 방문 때 찍은 것들이다.

농장 방문 프로그램에 참가하면 시골 가정식으로 차려준 점심을 먹고 작은 마차를 탄다. 양털 깎는 과정도 구경하고 또 월러비에게 먹이를 주면서 머리를 쓰다듬어볼 수 있다. 그런데 뭔가 불편하다. 걸음을 옮기려면 비대한 젖통 때문에 휘청거려야 하는 젖소의 젖을 짜내는 걸 구경하는 관광객들 뒤에서 송아지는 우유병을 빨고 있다. 양이 다치지 않도록 기술적으로 순식간에 털을 깎는다고 여러 번 강조하지만 헐벗은 양은 붉은 속살이 드러난 채 부들부들 떨며 무리 속으로 돌아간다. 월러비는 아웃백 지역을 뛰어다니는 대신 손바닥에 먹이를 쥔 사람의 뒤를 졸졸 따라다닌다. 나는 야생 새들에게 먹이를 줄 때 신기하긴 했지만 그들이 사는 이끼 낀 나무 사이를 걷는 게 더 좋았다. 삽으로 석탄을 부으며 움직이는 기차 체험도 재미있었지만 그 기차를 타고 달릴 때 숲의 햇살이 더 좋았다.

농장에서 가장 인상적인 것은 화장실인 줄 알고 문을 열었던 그 집의 소박한 거실이었다. 오래된 공간과 낡은 세간과 빛바랜 벽지에 이끌려 살짝 안으로 들어갔다. 벽난로 위의 선반에 여러 대에 걸친 가족사진 액자가 겹쳐 놓여 있었다. 맨 앞의 결혼식 피로연 사진은 밤의 농장에서 찍은 것이었다. 활짝 웃고 있는 신랑과 신부, 몇 줄로 그들을 둘러싼 수많은 가족들, 그리고 다시 그 주변을 둘러싼 캥거루와 양과 개와 젖소들 모두 눈 속에 레드 아이를 담고 일제히 카메라를 바라보고 있었다. 어쩐지 마음이 애틋해지는 사진이었다. 인연을 맺는다는 것, 관계를 지속하고 또 넓혀가는 것, 마음을 나누는 것, 같은 자리에 있다는 것.

그레이트 오션 로드는 214킬로미터나 되는 드라마틱한 해안도로이다. 기암절벽 사이로 하늘과 바다가 끝없이 이어졌다. 1차대전이 끝나고 실업자가 된 참전 군인들의 일자리를 만들어주기 위해 건설된 길이라 한다. 세상의 끝까지 갔다온 사람들 마음속의 스케일이 느껴졌다. 안개 낀 해안선의 거칠고 황량하고 때로 음울한 흐름. 수천만 년에 걸쳐 남태평양의 파도가 조각했다고 표현하는 거대한 석회암 '12사도 바위'의 풍경도 더욱 압도적으로 다가왔다.

그 풍경을 조금이라도 가까이에서 보기 위해 헬기를 탔다. 그랜드캐니언이나 이구아수 폭포, 안나푸르나 봉우리 같은 엄청난 규모의 자연 앞에서 나는 매번 공포를 느꼈다. 그러나 돌아오면 그것이 내 속의 어떤 공간을 넓혔다는 느낌을 얻곤 했다. 규모의 체험이 내 삶의 내부를 넓혀, 비좁은 삶 속에서 팔을 벌릴 만큼의 공간을 마련해준다고나 할까. 허무를 보아버린 사람이 삶에 담담해지는 것처럼 자연의 거대한 규모는 사람의 마음속에 묘한 무無를 마련하는 것 같다. 그것은 도달해야 하는 꼭대기나 뛰어넘어야 하는 벽 너머에 있는, 기대어서 죽음을 기다릴 수 있는 평화로운 고독의 순간 같은 것이다. 헬기에 앉은 채 나는 거대한 석회암에 새겨진 시간의 규모에 충분히 압도당했고 그리고 공포 속에 아주 잠깐 그 무상을 맛보았다.

★ 12사도 바위

21

그레이트 오션은 청혼 장소로도 유명하다고 한다. 호주 젊은이들은 해안도로를 몇 시간씩 달려가 수만 년 동안 파도를 받아낸 바위 앞에 선다. 거친 바람을 등진 채 모래 위에 무릎을 꿇고 반지를 내미는 청년과 깜짝 놀라며 눈물을 글썽이는 처녀. 둘러싼 친구들이 박수를 치며 그들의 키스를 카메라에 담았다. 지켜보는 나도 미소짓지 않을 수 없었다. 그러나 그 사랑의 맹세는 얼마나 시간을 견딜 수 있을까. 유구한 세월의 은유를 빌려 사랑을 약속하지만 그들의 맹세는 세월과 함께 풍화될 것이다. 그 또한 자연에 속한 일.

22

마지막 날에는 호주 제2의 와이너리인 야라 밸리에 갔다. 기후와 토양이 유럽과 비슷해서 포도 품질이 뛰어난 와이너리이다. 126개의 와이너리에서 호주 와인의 22퍼센트를 생산해낸다는 설명은 그러나 그다지 귀에 들어오지 않았다. 이렇게 공부하기 싫어하는 사람이 용케도 소설가 노릇을 하고 있군. 게다가 여행하는 동안 사진도 찍지 않고 메모도 하지 않는다. 여행의 기록은 몸속에 새겨지는 것이므로 그 시간의 경험에 집중하는 것이야말로 진정한 기록이라고 주장하면서 말이다. 소문난 장소와 유명한 코스를 답습하기만 하는 여행은 마치 필기한 노트처럼 잃어버리면 내 것이 아닐 수도 있다. 스스로 발견하고 생각하고 느끼고 즐겨야 내 것이 되지 않을까.

와인은 올림푸스의 신들도 마셨던 술이다. 그리고 천사도 마신다. 오크통 안의 와인이 숙성되는 과정에서 2~3% 증발되는데 그걸 천사가 마신다 하여 천사의 몫Angel's Share이라고 부른다. 중세에는 와인을 오크통에 담아 마차에 실어 운반했다. 그때는 천사의 몫이라는 자연 증발이 거의 열 통당 한 통꼴이었다고. 아마 마차꾼들이 이따금 천사의 일을 대신 해준 모양이다.

야라 밸리에서는 샹동 와이너리가 특히 기억에 남았다. 3층 높이의 통유리 창을 통해 내다보이는 잘 정돈된 포도밭 언덕. 포도밭을 지나면 작은 호수를 낀 울창한 숲이 나타나고 멀리 언덕 너머로는 산봉우리들이 일렬로 늘어서 있다. 그 위로는 몇 개의 흰 구름을 거느린 말할 수 없이 넓고 푸른 하늘이 펼쳐졌다. 그 풍경들이 완전한 조화를 이루며 담겨 있는 와이너리 카페의 커다란 창. 거기에는 쏟아지는 햇빛과 산들바람까지도 들어 있었다.

멜버른의 명물인 퍼핑 밸리 증기기관차에 몸을 싣고 숲과 계곡, 그리고 햇살과 나무 그늘을 통과한다.

그 창가에 앉아 와인을 마셨다. 등뒤의 벽에는 책장에 꽂힌 책들처럼 벽을 가득 채운 와인들이 꽂혀 있고. 겨울 와이너리에서만 느낄 수 있는 나른한 평화와 달콤한 탈선의 의식이랄까. 잠깐 와인 잔을 들고 나가 맨발로 풀밭을 밟아보았다. 내가 밟고 선 땅이 살아 있다는 느낌이 스쳐갔고, 그러자 대지의 등에 올라탄 듯 잠깐 몸이 흔들렸다.

와인 투어를 진행했던 와이너리의 매니저에게 물었다. 겨울에 와이너리에서는 어떤 일을 하나요? 대답은 간단했다.

— 포도밭을 가만히 놔둡니다. 정말 중요한 일이죠.

해질 무렵의 필립 아일랜드.

갈매기떼가 언덕과 해변과 바위를 온통 새하얗게 뒤덮고 있었다.

밤을 기다려 펭귄을 만나러 갔다. 전시되거나 연출한 게 아니라 멀찌감치 떨어져 살짝 엿보는 것이었다. 필립 아일랜드의 펭귄은 세상에서 가장 작은 펭귄이다. 어른 무릎 아래에서 움직인다. 해 뜨기 전 식구들 모두 먹이를 구하러 바다로 나갔다가 그 시각이면 모래 언덕 위의 굴로 귀가한다. 관람객들은 두터운 옷을 입고 고깃배 불빛 하나 없는 캄캄한 밤바다에 나가 모래밭에서 조용히 펭귄을 기다린다. 뚫어져라 바다를 바라보고 있으면 어느 순간 별빛 아래 펭귄이 젖은 몸을 드러내고 서 있는 것이다. 파도가 들어왔다가 밀려나간 자리에 오뚝이처럼 나타나 서 있는 펭귄 가족들! 네다섯 마리가 일제히 걸음을 옮기기 시작하더니 뒤뚱뒤뚱 해변을 가로질러 집을 찾아간다. 말 그대로 밤의 퍼레이드였다. 집이 잘 기억나지 않는걸까. 길 중간에서 한 마리가 멈추면 모두 일시에 멈췄다가, 한 마리가 다시 걸음을 옮기면 따라서 뒤뚱뒤뚱 움직이기 시작한다. 숨을 죽인 채 보고 있는 건 관람객만이 아니다. 불빛이 전혀 없기 때문에 밤하늘의 별들에게서도 조용한 기척이 느껴진다. 끝없는 밤하늘 가득 은색 레이스 천을 무심히 펼쳐놓았을 뿐이다.

26

도시로 돌아오는 길은 어둡고 멀었다. 거대한 대륙의 어둠 속에 누워 있는 검은 소와 양들의 휴식이 느껴졌다. 그처럼 두껍고 완벽히 단절된 어둠 속에 서라면 자신의 존재를 라디오처럼 꺼버릴 수 있을 것 같았다. 도시에 사는 사람은 상상할 수 없는 낯선 어둠이다.

낯선 것은 매혹적이다. 그러나 낯섦을 느끼는 건 익숙함에 의해서이다. 그래서 낯선 것 가운데에 들어가면 간혹 내가 더 또렷이 보인다. 내 삶의 틀 속에서는 자연스러웠던 것들의 더러움과 하찮음도 보게 되고, 무심했던 것들에 대한 아름다움도 깨친다. 아득히 잊고 있었던 오래전 일이 기억나기도 한다. 나라고 알고 있는 사람과 다른 나를 만나는 순간도 있다. 낯선 것을 받아들이는 나의 방식 안에서, 내 속 깊은 곳에 자리잡고 있던 뜻밖의 나와 맞닥뜨리는 것이다. 나는 여행에서 그런 순간들을 가장 좋아한다. 내가 그렸던 이방의 세계가 멋지게 펼쳐지는 것보다, 내가 예상하지 못했던 순간의 저녁 바람이 불현듯 옷 속을 파고드는 것.

하지만 여행지에서 배가 고픈 것은 결코 달갑지 않다. 바다와 언덕을 지나 밤의 대륙을 가로질러오는 몇 시간 동안 불빛을 만나기조차 힘들었다. 식당이 있을 리 없다. 열시가 넘은 시각에 어느 작은 마을로 들어섰다. 막 문을 닫으려는 중국 식당을 발견하고 황급히 차를 세웠다. 들어가보니 식당 안은 이미 깨끗이 청소를 마친 뒤였다. 음식 진열대는 텅 비었고 여러 개의 중국 웍과 접시들이 윤이 나도록 닦여 있었고 종업원이 그것들을 선반에 정리하는 중이었다. 종업원의 난처한 표정에 잠시 절망했던 나는 그러나 테이블을 가리키는 주인의 손짓에 비로소 얼굴이 밝아졌다.

씻어서 걸어놓은 웍을 다시 꺼내고 선반에서 양념통을 내린 뒤 불을 살려 주인이 야채를 볶기 시작했다. 그 고소한 기름 냄새와 세찬 소나기 쏟아지는 듯한 소리의 상쾌함, 그리고 완성된 볶음밥의 밥알을 한 숟가락 넣고 씹었을 때의 단맛. 전날 도시의 멋진 레스토랑에서 먹었던 어떤 요리보다 감동적이었다. 와인의 맛이 그렇듯 맛의 최후 조건은 역시 시간과의 접점에 있을까. 밤길을 오래 달려온 뒤 여행지에서 가까스로 발견한 식당. 문을 닫으려던 중국인 주인이 다음날을 위해 준비해둔 재료로 만들어준 그 뜨거운 밥에는 여행자의 허기를 모른 척할 수 없는 또다른 이방인의 온정이 연상되었다. 어떤 소설이었더라. 추운 날 캐나다의 외딴 마을에 도착해 중국 음식점을 열고 묵묵히 바닥을 빗자루로 쓸던 외로운 중국인 이야기. 아마 그 소설 때문에 그렇게 느꼈는지도 모른다. 여행자에게 밥을 먹이는 이야기는 언제나 마음

똑같은 와인이 담긴 같은 병이라고 해도 와인은 마시는 순서에 따라 시간의 흐름에 따라,
또 기분의 높낮이에 따라 맛이 다르다. 살아 있는 술이기 때문이다.

을 따뜻하게 만든다.

거대한 땅에서 소와 염소와 양떼를 돌보는 사람에게는 그 광대함이 곧 외로움일 수도 있다. 차를 타고 두세 시간씩 달리면 나타나던 깊은 골짜기의 찻집들. 그 주인은 차를 팔기 위해서가 아니라 사람을 만나기 위해 찻집을 열어놓고 있다고 한다. 이야기를 더 하고 싶어서 손님이 떠나지 못하도록 계속 차를 권하기도 하고. 내가 갑자기 나타난 노란 수선화 언덕에 탄성을 지르며 차를 세우고 그 속으로 달려들어갔을 때, 그 옆 어딘가의 작은 농장에서 어쩌면 어떤 외로운 사람이 그 모습을 바라보고 있었을지도 모를 일이다.

한국으로 돌아오는 비행기 안에서 우연히 '부티크 와인<u>boutique wines</u>'에 대한 신문 기사를 보았다. 블루리본의 명성이나 수상 경력, 고급 프랑스 와인이 좋은 와인으로 인식되는 시대는 지났으며, 이제 개성 있고 모험심 있는 작은 와이너리에서 생산한 와인이 부티크 와인이라는 이름으로 각광받는다는 내용이었다. 시애틀 추장의 섬에 있던 작은 와이너리가 생각났다. 그런 와이너리의 와인은 대량으로 생산되고 긴 시간 유통을 거쳐 대형마켓에서 발견할 수 있는 와인과는 다르다. 다수의 평균적인 사람에게 맞춘 것이라기보다 자신의 오랜 고집이나 새로운 시도를 담았다. 와인뿐 아니다. 대형과 평균에 지친 사람들은 이제 수공적이고 독특한 것을 원한다. 그것이 부티크인 것이다. 이 여정의 마무리로 나는 즉시 스튜어디스에게 호주 와인을 청했다.

세월을 지우려는 듯 햇빛은 빛나고 시간을 말리듯 책장은 넘어간다.

여행의 시간 속에서 나는 사람들을 만났다. 잊고 있었던 옛 사람들과 돌아가서 만나게 될 그리운 사람들, 그리고 나라는 사람까지.

맥도널드 가게 앞에 갈매기들이 진을 치고 있는 나라. 세련된 유럽 도시 같은 대도시에도 공원의 규모는 대륙답게 엄청난 나라. 정부에서 국민에게 세금을 펑펑 쓰는 게 눈에 보이는 나라. 그런데도 노숙자가 쓰레기통을 뒤져 커피를 마시는 나라. 나는 참 멀리 왔다. 돌아가면 내가 익히 아는 그 사람으로 살겠지. 그러나 완전히 똑같은 사람은 아닐 것이다. 가랑비가 그친 서늘한 날 와인 잔을 손에 들고 들판을 쏘다니다가 벽난로 앞으로 돌아와 허밍으로 노래 부를 날이 또 오기를. 건배.

그 여행에서 돌아온 뒤 일 년이 지났다. 지난여름은 몹시 무더웠다. 세계가 타들어가는 것 같은 날들이 계속되었다. 그런 날 중 하나였던 어느 날 밤 나는 이런 글을 끄적이고 있었다.

'수선스러운 탄산도 없고, 날카로운 독기도 없고, 방만한 걸쭉함도 없고, 달짝지근한 끈적임도 없는 그런 술. 조용하고 순진한 향의 화이트 와인을 차갑게 한잔 마시고 싶은 날.'

그러니까 그날 밤 나는 헌터 밸리를 그리워하고 있었던 것이다.

'콰이 강'의 다리에 올라
흐르는 강물에 마음 헹구다

이명세에게 여행은
책상을 걷어차고 이미지 만들기.

이명세 ⋯ 영화감독. 1957년 충남 아산 출생. 1988년 영화 〈개그맨〉으로 데뷔. 대표작으로는
〈나의 사랑 나의 신부〉〈첫사랑〉〈남자는 괴로워〉〈지독한 사랑〉〈인정사정 볼 것 없다〉〈형사〉
〈M〉 등이 있다. 아태영화제 신인감독상을 비롯해 도빌아시아영화제, 한국영화평론가협회상,
백상예술대상, 부산영화평론가협회상 등에서 감독상을 수상했다.

가끔 스스로 하는 질문 중의 하나. 어디든 원하는 곳으로 갈 수 있다면 어디로 가고 싶은가?

이런 매혹적인 제안을 누군가 한다면, 나는 스스럼없이 중국에 가고 싶다고 말할 것이다. 이국적인 풍경의 상해나 수천 년 역사의 서안이나 북경이 아닌, 몇날 며칠을 걸어도 끝없이 지평선이 펼쳐지는 곳. 걸어도 걸어도 항상 제자리 같은 곳. '가도 가도 끝이 없는 머나먼 길, 나그네 길'을 느낄 수 있는 곳에서 나란 인간이 얼마나 작은 것인가! 세상은 얼마나 큰가!를 눈으로만이 아닌 온몸으로 느끼고 싶었다.

단 한 곳만이 아니라면 물론 가고 싶은 곳은 얼마든지 더 있다. 한 단어, 한 문장을 읽을 때마다 지금도 머리가 쭈뼛 서게 만드는 카프카의 나라. 체코 프라하. 왠지 오줌 냄새와 맥주 냄새가 뒷골목 곳곳마다 배어 있을 것 같은, 그러나 존 포드의 영화처럼 사람들의 끈끈한 정이 넘칠 것 같은 제임스 조이스의 고향, 더블린. 삼 년 군대생활의 버팀목이었던 니코스 카잔차키스의 그리스. 영화감독 잉그마르 베르이만의 나라가 아닌, 잉그리드 버그만을 탄생시킨 나라, 스웨덴. 그곳에서 차고, 맑고, 지적인 이미지의 북유럽 여자들을 보고 싶었다.

그런데 "여행 좋아하세요?" "좋아하신다면 어디든 원하는 곳에 다녀오세요" 한다. 일주일 정도란 단서는 달렸지만, 막상 '매혹적인 제안'을 받고 나니 망설여졌다. 당장 준비하고 있는 영화가 코앞에 있기 때문이었다. 잠깐 눈앞으로 휙휙- 그동안 생각하던 이미지들이 필름처럼 지나갔지만 나는 미련 없이 태국을 결정했다. 준비하고 있는 영화 〈미스터 케이〉의 무대가 방콕이기 때문이었다. 태국으로 출발 전 일단 제목을 결정해야 한다고 하기에 잠깐의 생각 끝에 '이미지 만들기'로 붙였다. 제목을 정하고 나니 '이미지'와 '여행'은 너무 닮아 있었다. 분명한 실체는 있지만 그 실체를 찾아야 하는 것. 첫사랑처럼 떠나버리고 한참 시간이 지난 뒤에나 알게 되는 것. 퍼즐 맞추기처럼 맞춰질 때야 분명하게 알 수 있는 것.

태국으로 떠나야겠다고 결정했다

태국을 예로 들어보면 누군가는 씨암로드를 보고 하룻밤 자고 나면 고층빌딩이 들어서고 올라가는 최첨단 상해의 이미지를 떠올릴 것이고, 누군가는 팟퐁이나 카우보이 거리를 통해 향락이란 단어로 연결시킬 것이고, 누군가는 카오산로드를 통해 '아, 방콕이 정말 아시아의 중심이구나!' 하며 절로 감탄사를 날릴 것이고, 어떤 이는 담는사두악 수상시장이나 끄렁떠이의 판자촌을 통해 가난이란 단어를, 다른 이는 극장의 간판처럼 곳곳에 걸린 부처님 사진이나 사원들을 통해 불교의 나라로, 혹은 곳곳의 알록달록, 울긋불긋, 색색의 간판을 통해 색채의 나라로, 아니면, 오고가는 사람들의 얼굴 속에서 미소의 나라를 떠올릴 것이다. 그러나 퍼즐이란 무엇인가? 다 제자리에 들어가야 비로소 하나의 장면, 하나의 이미지가 된다.

내게 있어서 이미지란 있는 그대로 대상을 사랑하기다. 있는 그대로 사랑할 뿐이다. 가끔은 다가가기도 하고, 만지기도 하고, 끌어안기도 한다. 조급증 때문이다. 그럴수록 대상은 모습을 감추거나 거리를 둔다. 그럴 때면 너무 원망스러워 대상에서 등을 돌리거나 대상을 향해 소리치기도 한다. 그러나 소용없고 부질없는 짓임을 경험을 통해 뼛속 깊숙이 알고 있다. 결론은 있는 그대로 사랑하기다. 내게 있어서 이미지란 처음부터 기다리는 대상이다. 그저 사랑하고, 그저 묵묵히 기다리기. 그것이 전부다. 내가 할 수 있는. 그래서 언젠가 대상이 스스로 문을 열고 나를 받아들여줄 때 나는 그때 대상이

갖고 있던 본래의 이미지를 만난다. 하여 이미지는 만들어지는 것이 아니라 만나는 것이다. T.S 엘리엇의 시론에서 말하는 '당구알을 그리기 위해서는 당구알 속으로 들어가야 하는 것'처럼.

결정되기 전 이미지란 환영幻影과 같다. 하여 내게 있어서 이미지란 부수기 위한 대상이다. 지우기 위한 대상이다. 다른 사람들이 만들어놓은 풍경을, 내 기억 속에 자리잡은 풍경을 부수고, 지워야만 지금 그대로의 실체가 드러나기 때문이다. 여행은 떠남이다. 떠난다는 것은 지금까지 누군가에 의해서 혹은 나에 의해서 규정된 것들을 몽땅 버리고 말 그대로 새 술은 새 부대에 담는 것이다.

한국판 007을 표방한 다음 작품 〈미스터 케이〉. '이번에는 절대 관객의 예상을 벗어나지 말자!'고 시작부터 나는 다짐했다. '절반의 익숙함과 절반의 새로움'. 이번 영화의 목표다. 그렇다면 당연 007류의 영화니까 절반의 익숙함으로 이국적인 풍경이 필요했다. 그러나 필요하다는 것은 충분조건은 아니다. 왜냐하면 영화 만들기란 자신의 머릿속에 들어 있는 이미지와 돈과 함수관계와 역학관계를 통해 협상으로 만들어지기 때문이다. 그것은 대중예술로서의 영화의 숙명이다. (영화학교에서는 이런 종류의 교과목이 없다. 간혹 젊은 영화인들이 좌절하는 이유가 여기에 있다.)

시나리오 작업중 여러 도시가 물망에 올랐다. 상해, 홍콩, 마카오, 방콕. 결정된 곳은 방콕이었다. 단 한 번의 기억 탓에 선뜻 내키지는 않는 도시였지만 다른 도시들과 이미지와 돈과의 함수관계, 역학관계를 고려하여 저울질한 결과, 영화적으로나 질적으로 촬영 장소로 적합하다는 결론이었다.

멋지고도 깊숙한 밀림을 찾아 떠난 여행이었다. 그래서 그랬는지 많은 물길을 만날 수 있었
다. 물과 숲의 기운을 받아 매일매일 맨몸으로 목욕하는 기분이었다.

태국에서는, 사원의 숫자가 상
상하기 어려울 정도로 어마어
마해서 놀랐다. 하지만 그보다
더 넘치는 것은 바로 태국사람
들의 함박 미소. 그리고 유머.

눈을 감는다. 눈앞을 어둠으로 만든다. 눈을 감는다고 해서 완전한 어둠이 만들어지지는 않는다. 이미지를 떠올리기 위해, 이미지를 기다리기 위해, 만들어진 허상의 이미지를 부수고 지우기 위해 언제나 나는 완전한 어둠이 필요하다. 영화 상영 전 깜깜한 극장처럼.

1986년, 일자는 정확하지 않지만 우연의 일치처럼 이번 여행과 비슷한 11월 초였다. 『땅끝에서 오다』의 영화화를 위해 배창호 감독의 조감독 자격으로 촬영지를 찾아서 일본을 시작으로 세계 곳곳을 돌다가 단 하루 머물렀던 곳. 그곳이 방콕이었다. 이국적인 느낌이 물씬 나는 야자나무로 둘러싸인 맥주 바, 홀 안 가득 수영장처럼 비키니 차림으로 서빙하는 여자들(가이드의 추측으론 나나일 것이라고 한다). 시차 때문에 잠이 오지 않아 지금은 고인이 된 유영길 촬영감독과 들렀던 새벽의 수상시장. 새벽안개 너머 곳곳에서 들려오는 이국의 언어, 열대과일의 달콤함과 뒤섞인 부패의 냄새. 새벽안개가 걷히면서 햇살 속에 모습을 드러낸 물 위로 둥둥 떠다니는 각양각색의 쓰레기들. 그 속에서 빨래를 하거나 목욕을 하며 환하게 미소 짓던 사람들. 지난밤 숙취를 풀기 위해 나, 배창호 감독, 유영길 감독 모두 화려하게 차려진 뷔페 식당에서 선택한 닭죽. 우리는 그 옆에 놓인 파를 듬뿍 집어넣었었지, 그리고 동시에 한 숟갈 뜨다가 "으엑!" 입에 있던 것을 모두 뱉어내고 말았지. 파인 줄 알았던 파치라고 불리는 고수풀의 짙은 향 때문이었다. 이것이 내 기억의 앨범 속에 몇 장 남아 있는 태국의 이미지다.

그후 태국은 나의 여행 목록에서 빠져 있었고, 음식을 먹을 때 녹색 풀만 봐도 나는 한참 동안을 경계해야만 했다. 그러나 이번엔 가야 한다. 첫째는 기억 속에 남아 있는 몇몇 이미지와 여행책자 속의 스틸 몇 장만을 이용해 조립한 시나리오들을 눈으로 확인할 필요가 있기 때문이고 둘째는 태국이라는 공간이 말하는 것을 듣고 보여주는 것을 봐야만 하기 때문이다.

태국으로 출발하기로 했다. 날짜도 정했다. 그런데 흉흉한 뉴스들이 가려는 발목을 잡았다. 몇십 년 만의 물난리로 방콕이 물에 잠겼다는 것이다. 설상가상 전염병도 창궐하고 있다는 이야기다. '그래도 간다' 결심을 하니 마치 내가 오지 탐험대의 일원이 된 느낌이 들었다.

하나. 11월 3일. 한국시간으로는 4일 새벽 한시. 현지시각으로 열한시 방콕 도착. 짐을 찾고 입국장을 나오니 으레 푯말을 들고 마중 나온 사람이 한국인 가이드인 줄 알았는데 태국사람이었다. 나중에 한국인 가이드를 통해 들어보니 한국인 가이드는 공항 안으로 들어올 수가 없다는 것이었다. 자국민에게 한 사람이라도 일자리를 주기 위해 만든 태국 정부의 법이라는 것이다. 태국인 가이드가 하는 일이라곤 2층 입국장에서 손님을 맞아서 바로 아래층에 기다리고 있는 한국인 가이드에게 인계하는 것이 전부다. 그것에 관해 한국 가이드는 툴툴거리지만 현재 세계는 빌 클린턴의 말처럼 "It's the economy, stupid!" 문제는 일자리다!

공항 밖으로 나오니 금방 훅– 더운 열기와 함께 오줌 싼 것처럼 바지가 축축해진다. 출발 전 이번 여행에 포토그래퍼로 동행한 이병률 시인이 더위에 강하냐고 물었을 때는 겨울보다는 더운 것이 낫다고 큰소리 빵빵 쳤는데 허걱! 괜히 큰소리를 친 것이 아닌가 하는 생각이 들었다. 그러나 더위는 잠시뿐이었다. 금방 선선한 바람이 불면서 상쾌한 느낌이 들었다. 처음 캘리포니아에 도착했을 때 그 느낌이었다.

11월부터 1월은 태국의 건기로 관광의 베스트 시즌이다. 현재 촬영 목표로 잡고 있는 3월부터 5월은 태국의 여름이며, 관광책자에 따르면 습도도 높고 아주 덥다. 그러나 가이드는 그건 관광책자에 나오는 이야기고, 한국의 여름과는 달리 햇볕은 뜨겁지만 지금과 같이 그늘에 들어가면 시원하고 끈적거리지 않는다는 것이다. 직접 몸으로 확인할 길은 없지만 어쨌든 안심이 되는 말이었다. 뜨거운 햇살에 땀으로 척척 옷이 몸에 들러붙는다면 그것은 촬영에 있어서는 최악일 것이기 때문이다. 상상만 해도 온몸이 엿가락처럼 축축 늘어지는 기분이다.

태국은 홍수로 난리라는데…… 민심이 흉흉해져 뭔 일이 날지도 모른다는데…… 안내를 맡은 가이드의 얼굴은 활기에 넘쳐 있었다. 가이드는 얼마 전 한국의 모 신문사 취재팀을 수해 현장에 안내했다. 취재팀은 뭔가 쇼킹한 현장―아비규환의 생지옥과 같은―을 잔뜩 기대하고 왔는데 사람들의 표정이 너무 평안해서 오히려 충격을 받았다고 했다. 그래서 롱샷^{long shot}으로 보는 세상은 희극이고 클로즈업^{close up}으로 보는 세상은 비극인 것이다.

다음날 일정을 위해 공항에서 15분 정도 떨어진 호텔로 가는 길의 주변은 드문드문 불빛을 볼 수 있을 뿐 대체로 어두웠다. 늘 어두운 거리를 보면 떠오르고 겹쳐지는 이미지들. 계엄령 하의 거리, 파트릭 모디아노의 『어두운 상점들의 거리』, 이십 년 전의 인도 콜카타로 들어가는 길.

늦은 시간인 탓도 있지만, 태국의 모든 집들은 자외선 방지를 위해 집집마다 창에 두꺼운 커튼을 친다고 한다. 어두운 거리에는 나름 실용적인 이유가 숨어 있었던 것이다.

아는 만큼 보이고, 보는 만큼 느낄 수 있다.

카메라의 눈으로 도시를 어슬렁거리다

둘. 오전 일곱시. 〈지옥의 묵시록〉이나 〈플래툰〉, 〈디어 헌터〉의 분위기와 같은 정글을 찾아서 태국과 라오스의 접경지대가 있는 우돈 타니로 출발. 비행기로 차로 가는 내내 온통 앞에 열거한 영화의 몇 장면들이 머릿속에 돌아가고 있었는데 막상 도착해보니 메콩 강을 사이에 둔 긴 다리 하나가 덜렁 '우정의 다리'라는 동판과 함께 놓여 있었다. 찾는 정글은 어디로 간 것인가.

헌팅 첫날, 첫술에 배부를 순 없겠지만 좀 맥이 빠진다. 그런 나를 위로하듯 이병률 시인이 다음 영화 대박나게 근처 사원에 가서 함께 기도를 하자고 한다. 부처님이나 하나님이 그런 기도를 들어주는 사람이라고 단 한 번도 생각해본 적이 없다. 다음 영화의 배경이 태국이니까 당연하다는듯 한 장면 정도 불교사원이 들어가는 식의 관광영화를 찍을 생각도 없다. 그러나 불교국가인 태국을 알기 위해서는 볼 필요가 있었다. 이미지란 언제 어디서 어떤 인연으로 조립될지 모르니까.

태국 곳곳의 식당이나 집을 들여다보면 어디든 한 장쯤은 국왕의 사진이나 스님들의 사진이 있는 것을 볼 수가 있다. 군부의 실력자라도 국왕 앞에서는 몇 걸음 전부터 무릎 꿇고 기어서 인사드린다. 그런 국왕도 스님들한테는 무릎을 꿇는다. 태국에는 '부언락'이라는 제도가 있다. 태국 국민이라면 누구든 국왕도 예외 없이 한 번은 절에 들어가서 생활을 하는 제도다. 비구니 제도가 없는 태국에서는 어머니가 아들의 공덕을 쌓기 위해 평생에 한 번은 절

파타야 바닷가에 나무로만 지어진 '진실의 사원'은 지어진 지 삼십 년 되었다는데
여전히 짓고 있는 중이다. 왜냐하면 다 짓고 나면 한쪽에서 바닷바람에 의해 부식
이 시작되기 때문.

에 들어가는 것이다. 부언락은 의무는 아니지만 효를 중시하는 태국에서는 일종의 신용카드와 같다. 장가를 잘 가기 위해서라면 꼭 한 번은 들어가야 한다는 것이다. 다른 것은 몰라도 영화 촬영중에도 태국 스태프 중 한 명이 부언락에 들어간다고 하면 들어가게 해야 한다는 것이다. 주요 스태프를 고를 때 꼭 참조해야 할 사항이다. 아는 것이 힘이 아니라 아는 것이 돈을 낭비하지 않을 수 있다. (그런 이유로 2PM의 멤버 닉쿤도 절에서 중 생활을 한 적이 있다 한다.)

태국의 절은 사원으로써의 기능만 아니라 교육과 사회보장제도의 기능도 함께 한다. 일정 나이가 되어 직장에서 은퇴한 사람들은 자식들과 살거나 요양원으로 가지 않고 절로 간다. 가끔 TV에서 보는 머리를 빡빡 깎은 어린아이들도 중이 되기 위해서가 아니라 교육을 받기 위해 절에 있고, 바로 각계각층에서 은퇴해 절로 들어온 사람들이 그 아이들을 교육시킨다고 한다. 왕족과 국왕은 절에 많은 시주를 하고 그 돈은 가난한 아이들의 교육이나 은퇴한 사람들의 생활을 위해 쓰이고 있다는 것이다.

산이나 동물원에 가면 요즘 흔히 보는 표어 중에 '동물에게 먹이를 주지 마시오'가 있는데 태국에는 '스님들에게 담배를 주지 마시오'란 표어가 간혹가다 붙어 있는 것을 볼 수가 있다. 태국의 스님들은 매일 마을 곳곳을 돌아다니며 시주를 받는다. 시주물품 중의 하나가 담배인데, 그날 받은 물품들을 그날 다 소비해야 한다고 한다. 상상해보라. 담배를 많이 시주 받은 날. 담배를 잔뜩 쌓아놓고 뻑뻑거리며 쿨럭거리며 시주 받은 담배를 그늘 아래서 쪼그리고 앉아 피우고 있는 스님들의 모습을. 영화학교 시절, 간절하게 영화감독이 되고 싶었던 나는 어느 날 조병화 시인의 글을 읽는다. "예술가는 담배를 많이 피운다." 그날 나는 담배 한 보루를 사서 방에 앉아 쿨럭거리며 토해가며 열 갑의 담배를 다 피운 적이 있다. 지나간 시간의 기억이 겹쳐지는 중 스님 한 분이 지나간다. 나는 담배를 권한다. 스님은 웃으며 손사래를 친다. 태국 출발 바로 전날 아시아나 단편영화제의 개막식이 있었다. 그날 내가 앉은 자리 바로 옆에 예지원이 앉았다. 천우신조였다. 얼마 전 개봉한 태국영화 〈더 킥〉에 예지원이 출연했던 것이다. 여행 때도 마찬가지지만 영화 촬영에 가장 중요한 것 중의 하나는 먹거리다. 실질적인 정보가 필요했던 내게 예지원이 추천한 음식은 솜땀과 야문센이었다.

올해로 7년차가 된 베테랑 가이드는 한국인 관광객들, 특히 남성들은 신토불이 한국음식만 찾는다는 것을 알고 내게 한국음식을 권했다. 그러나 나는 돌아가는 날까지 태국음식만 먹겠다고 선언했다. 가이드는 걱정스러운 표정을 지으면서도 일단 먹을 만큼의 각종 태국음식을 주문했다. 예지원이 추천한 솜땀을 포함해서. 태국에 도착해 실질적으로 먹은 태국의 첫 음식은 이렇다.

1. **솜땀.** 그린 파파야를 무채처럼 길쭉길쭉하게 썰어 무친 한국의 무채와 비슷한데 좀더 달콤하고 새콤한 것이 차이가 있다. 2. **란나탈레.** 란나는 한국말로 수제비고, 탈레는 바다란 뜻인데 합치면 해산물수제비 정도가 되나. 한국의 해물수제비는 시원한 맛이 드는 데 비해 란나탈레는 국물맛이 진하다. 3. **무텃.** 돼지 족발. 삶아서 튀긴 것이다. 담백하고 고소하다. 4. **꾸워이띠아오 느어.** 선지해장국으로 된 쌀국수. 양념장으로 나오는 청량초를 섞으면

한국의 해장국과 비슷한 맛이 난다. 5. **새우볶음밥.** 태국의 재스민 라이스가 기본이라 찰기가 없지만 맛은 한국의 어느 중국집에서 먹는 맛과 비슷하다. 이번 영화의 주인공인 설경구가 십 년 전 〈오아시스〉 촬영차 태국에 왔을 때 음식이 맞지 않아 일주일 내내 한국에서 싸갖고 온 컵라면만 먹었다는 소문을 들어 걱정이었다. 그러나 하나하나 먹어보니 설경구도 이 정도라면 먹을 만하다는 판단이 선다.

태국음식에는 여러 가지 향신료가 들어가는데 향에 민감한 사람들은 파치 고수풀만 뺀다면 한국에서 중국식당이나 베트남식당에서 먹는 맛과 차이가 없다. 그리고 음식마다 뿌리거나 놓아 먹는 녹색의 종류들도 자세히 맛을 보면 모두 파치가 아니다. 맛을 보면 어떤 것은 한국의 파와 똑같고, 어떤 것은 우리가 샐러드나 쌈으로 먹는 치커리나 샐러리 맛이다.

내가 그동안 두려워했던 파치는 먹으면 모기가 물지 않고, 더운 지방에서는 체온을 낮춰주고, 비타민이 많이 함유되어 있다고 한다. 참으로 하나님이 만든 세상은 오묘하다. 어떻게 세상 곳곳에 궁합을 이루는 음식을 배치해두었을까. 다 살게 마련이라는 말이 이런 데서 나온 것이 아닐까.

우리가 두려워하면 두려워할수록 점점 더 커지는 괴물. 이윽고 우리를 통째로 삼키는 그 이름은 공포다.

물에 잠긴 도시에서 만난 우연

셋. 여행에서 잘 자고 잘 먹는 것은 중요한 일인데 어제는 잠을 설쳤다. 이제 시작인데도 늘 노심초사, 전전긍긍하는 걱정부터 앞서는 나의 성격 때문이리라. 또다시 정글을 찾아가는 길은 햇볕은 뜨거웠지만 하늘은 파랗고 바람은 시원하고 공기는 상쾌했다. 십 년 전 LA의 'Watchers'의 프로듀서이기도 했던 패트릭 최의 집에서 며칠 머물렀을 때. 바로 그때와 같은 기분이었다. 그때 나는 왜 할리우드의 영화들이 꼭 해피엔딩으로 끝나는 것인가를 알았다.

차가 국립공원 입구에 들어설 때부터 두 눈을 부릅뜨고 곳곳을 살폈지만 한국에서도 흔히 볼 수 있는 풍경이었다. 대나무 숲으로 둘러싸인 숲길을 따라 그나마 있다는 폭포를 찾아갔으나 일 미터 높이의 미니어처 수준의 폭포였다. 더이상 이곳에 머물 필요가 없다는 생각이 들었다. 일정을 바꿔야만 했다. 영화의 주 무대인 방콕의 일정을 하루라도 더 늘려서 구석구석을 시간 들여 보는 것이 낫다는 판단이었다.

미니어처 폭포 앞에서 생각이 오락가락하는데 한 가족이 결코 물도 맑다고 할 수 없는 그곳에서 단란하게 점심식사를 하고 있었다. 자세히 살펴보니 파리들이 먹는 음식 위에 앉으려 하고 있지만 누구 하나 휘이- 손을 내저어 내쫓는 사람이 없었다. 문득 일체유심조一切唯心造라는 생각이 들었다. 우리네에겐 파리가 더러운 해충이겠지만 저들은 파리들과 음식을 나눠 먹고 있는 것

더운 나라 사람들이 착하게 사는 이유는 아무
래도 '느림'이다. 정말로 정말로 느림이다.

이리라. '파리들이 먹으면 얼마나 먹겠어, 나눠 먹지.' 그렇지 않고 뜨거운 햇볕 아래서 네 편 내 편 가르며 있다면 삶은 얼마나 고단한 것이겠는가.

일정을 바꿔 서둘러 방콕행 비행기를 타기 위해 공원 입구에 놓인 간이식당에서 미원 탄 이온음료로 불리는 코코넛과 구운 생선을 먹었다. 맛있었다. 그러나 처음 보는 생선이었다. 궁금해하니 가이드가 생선이 어디에서 온 것인지 물었다. 바다냐, 강이냐? 주인의 대답은 바다도 강도 아닌 시장이라는 것이었다. 답인즉슨 맞는 답 아닌가! 주인의 명쾌한 답을 들으니 기분이 유쾌해졌다. 남은 일정이 기대되는 순간이었다.

나는 영화를 시작할 때 되든 안 되든 일단 몇 가지 원칙을 세운다. 삼각관계 없는 멜로드라마, 피 한 방울 안 나오는 공포영화라는 식으로. 이번 영화는 전경과 후경의 깊이가 있는 50mm 표준렌즈를 기본으로 쓰겠다고 원칙을 정했었다. 그러나 태국에서 촬영을 한다면 50mm 렌즈보다는 85mm 렌즈를 기본으로 한 장초점렌즈가 맞겠다는 판단이 들었다. 방콕 시내의 곳곳을 육안이 아닌 카메라 렌즈를 통해 들여다보고 얻은 결론이었다. 방콕은 시내임에도 전체적으로 밝기보다는 부분적으로 밝다. 낮 촬영이라고 해도 지글거리는 뜨거움을 표현하는 데는 아무래도 단초점렌즈보다는 장초점렌즈가 제격이고 경제적이다. (심도가 높은 단초점렌즈는 전경과 후경 양쪽의 디테일까지 신경써야 하지만 심도가 낮은 장초점렌즈는 전경의 디테일만 고려하면 되기 때문이다.)

방콕에 도착하자마자 환락가라고 불리는 카우보이 거리를 거쳐서 보다 큰 팟퐁 거리에 들어섰다. 촬영을 위해 카메라를 들었지만 가이드가 이곳에서

촬영은 금지되었다고 알려준다. 머릿속으로 이미지를 담아두는 수밖에 없었다. 온통 형광등으로 불을 밝힌 상점들을 중심으로 좌우 양쪽 길게 늘어선 클럽들에선 시끄럽게 음악들이 터져나오고 열린 문 안으로는 비키니 차림의 여성들이 지나가는 행인들을 유혹하며 손짓하고 있었다. 한 블록 옆에는 깊고 푸른 불빛 아래 길 양옆으로 노천카페들이 늘어서 있고 세계 각국에서 온 사람들이 술잔 하나씩을 들고 있었다. 한 번도 보지 못한 풍경이었다.

이틀 뒤 만난 리빙 필름의 프로듀서인 올리버에게서 들은 이야기지만 팟퐁 지역은 촬영을 할 수가 없다고 한다. 너무 범위가 넓어서 통제가 불가능하다는 이야기다. 그러나 돈만 있다면 문제는 다르다. Money controls everything. 차이나타운 역시도 마찬가지다. 그곳에는 차이나타운을 관할하는 세 개의 경찰서가 있는데 한 곳에만 돈을 줘서는 촬영할 수가 없다. 세 곳 모두에 돈을 지불해야만 촬영을 할 수가 있다는 것이다.

이미지는 책상 위에서 만들어지는 것이 아니다. 이미지는 책상 너머에 있다. 이미지 역시 돈이 만드는 것이다. 이미지의 퍼즐을 맞추기 위해 첫째로 염두에 둬야 하는 것은 경제성이다. 그것이 산업과 예술의 쌍두마차라는 운명을 갖고 태어난 영화예술의 숙명이다.

넷. 〈디어 헌터〉와 〈님은 먼 곳에〉 촬영지인 왕복 일곱 시간 거리의 깐짜나부리와 배낭족들의 천국이라는 카오산로드로 오늘의 일정을 정했다. 잠도 잘 잤다. 커피도 지금껏 호텔 커피 중에서는 제일 입에 맞는다. 특히 아침식사로 제공되는 쌀국수의 새콤하고 시원하고 담백한 맛이 술 마신 다음날 해장으로 딱! 이라는 생각이 들었다. 깐짜나부리로 가는 길은 변함없이 하늘은 푸르고, 바람은 시원했다. 이제 내가 생각하는 그림만 떡! 하니 나타나주기만 하면 모든 것은 만사형통이다.

차가 어느 시장에 멈춰 섰다. 잠시 쉬려니 생각했는데 홍수로 길이 막혀서 오늘은 제시간에 깐짜나부리로 갈 수가 없다는 가이드의 말이다. 대신 가이드가 제안한 것은 바로 이곳이 모세의 기적과 같은 홍해처럼 시장이 갈라지는 곳이니까 이곳을 보고 근처에 있는 담는사두악 수상시장을 보자는 것이다. '우연은 즉 필연이다' 뭔가 일이 계획대로 풀리지 않을 때, 뭔가 일이 지체될 때 항상 외우는 나의 주문이다.

사람 한두 명 간신히 지나갈 수 있는 통로 양옆으로 다닥다닥 길게 좌판이 펼쳐진 시장. 기차가 오는 종소리가 울리면 상인들은 순식간에 길을 덮고 있는 천막과 좌판들을 치운다. 그러면 홍해 바다가 갈라지며 길이 나타나듯 철로길이 나타난다. 기차가 지나가면 다시 바닷물이 메워지듯 천막이 덮이고 좌판이 깔리면서 시장이 된다. 나는 모세의 기적을 바라보며 점심으로 태국라면을 먹는다. 겉보기엔 덜 삶아진 컵라면의 면처럼 뻣뻣해 보였는데 한 젓가락 입안에 넣으니 부드럽다. 국물도 담백하다. "저는 누군가 태국을 물어보면 이렇게 답하겠어요. '맛있다'라고." 라면 그릇을 비우며 이병률 시인이 말했다.

홍수 소식의 여파로 관광객들 70%가 여행을 취소한 탓일까? 북적거릴 것이라 예상했던 담는사두악 수상시장은 한낮인데도 거의 모든 상점이 문을 닫

시장이 철길 위를 덮고 있다. 기차가 오는 시간이면 무조건 일 미터 뒤로 후퇴. 기차가 지나가
면 다시 일 미터 앞으로 전진.

불상에 손을 대보았다. 더위 탓이겠지만 일순간 사람의 온도가 느껴져서 숙연해졌다.

앉고, 오가는 사람이라곤 주민들뿐 정말 관광객 한 명의 그림자조차 볼 수가 없었다. 보트를 빌려 수로를 따라 〈미스터 케이〉의 마지막 시퀀스가 될 수상시장을 돌아본다. 흐르는 물에 카메라를 들이밀어본다. 물에 담긴 야자나무와 가옥들이 물살에 흩어지면서 기기묘묘한 형상을 만들어낸다. 시나리오상에 수상시장 장면은 밤으로 되어 있지만 오늘처럼 시장이 텅 비어 있을 수만 있다면, 물에 부서지는 반짝거리는 햇살과 물에 흘러가는 부유물, 물에 담긴 텅 빈 가옥들을 통해 데이비드 린치나 타르코프스키적인 묘한 낮 장면도 만들어낼 수 있을 것 같다는 생각이 들었다. "내년 촬영할 때는 이곳에서 반딧불 축제도 볼 수 있을걸요"라는 가이드의 말에 순간 머릿속에 상상하고 있던 이미지들이 지워지면서 어둠 속에 잠긴 물속에서 확 불씨처럼 피어오르는 반딧불의 이미지가 떠올랐다. 장면은 다시 디졸브^{dissolve}되면서 밤의 카오산로드로 바뀐다.

팟퐁은 나이 든 외국인 관광객들로 북적거렸다면 카오산로드는 세계 각국에서 온 젊은 배낭족들로 북적인다. 팟퐁은 외국에서 온 관광객들을 유혹하기 위해 태국민이 만든 관광지라고 한다면 카오산로드는 세계 각국의 젊은 방랑객들이 하나둘 흘러들어와 향수를 달래기 위해 그들 스스로 만든 도시처럼 구석구석 다양한 나라의 정취를 담은 카페가 즐비하다. 카메라를 들고 프레임에 잡힌 카오산로드를 본다. 태국의 장점이랄까, 카메라를 들이밀어도 아무도 의식하지 않는다. 이 말은 제작비를 절약하기 위해 굳이 망원렌즈를 이용해 도둑촬영을 안 해도 된다는 뜻이다.

★ 담는사두악 일대의 수상시장

꿈은 아직 끝나지 않았다

다섯. 리빙필름의 프로듀서 올리버의 안내로 존 큐색과 공리, 주윤발이 나왔던 〈상하이〉의 세트가 세워졌던 문스타^{Moon Star}스튜디오 방문. 스튜디오는 기대 이상이었다. 입구 양옆으로 주욱 늘어선 야자나무 열매들은 십 년 전 방문했던 MGM스튜디오를 떠올리게 했다. 놀란 것은 이런 규모의 스튜디오가 방콕 내에 서른 개 정도 있다는 것이다. 현재 아시아의 최강자라고 불리는 한국영화계는 단 한 개의 스튜디오도 서울에 갖고 있지 않은데…… 한국에는 스튜디오가 과연 몇 개일까? 서너 개? 제대로 알지도 못하면서 태국영화를 우습게 봤던 내 자신이 부끄러워졌다. 아는 만큼 보이고, 보는 만큼 느낀다. 부끄러워진다.

여섯. 아침부터 서둘러 엄마의 젖줄이라고 불리는 메낭 짜오프라야 강변의 호텔들을 둘러보고 방향을 돌려 깐짜나부리로 향한다. 대나무로 엮은 뗏목 위에 올라탔을 때만 해도, 미얀마에서 온 젊은 뱃사공이 노를 저어 강을 거슬러 올라갈 때만 해도 〈지옥의 묵시록〉에서 마틴 쉰이 말론 브란도를 찾아나서는 느낌이 들었다. 그러나 좌우를 살펴봐도 내 머릿속에 있는 이미지와 닮은 곳은 하나도 없었다. 과연 〈디어 헌터〉를 찍은 촬영지는 어디일까? 〈님은 먼 곳에〉를 찍은 곳은 어디일까? 서울에 돌아와 이야기를 들어보니 〈님은 먼 곳에〉는 깐짜나부리에 있는 군부대를 빌려 군부대 안에 있는 숲에서 찍었다

한다. 정보가 부족했다. 자책한들, 지난 일이다.

일곱, 여덟. 남은 일정은 파파야의 바닷가에 있는 레스토랑과 애거서 크리스티의 소설 『오리엔트 특급 살인』에서 나오는 영화에서만 본 오리엔탈 익스프레스가 다니는 태국의 중앙역, 미로처럼 골목들이 펼쳐져 있는 끄렁떠이의 판자촌이다. 지난밤 열한시. 머릿속에서는 그동안 보고 들은 것들의 이미지가 조립되고 있었다. 그때 서울에서 피디로부터 문자 한 통이 날아왔다. '투자사 시나리오 모니터링 점수가 좋지 않음. 상의 요망.' 문자를 보는 순간 쌓아놓은 이미지들이 '와르르─!' 모래성처럼 무너졌다. 흘러내렸다. 흩어졌다. 그냥 깜깜한 어둠만 남았다.

이십 년 이상 영화감독을 하면서 이런 일이 처음은 아니었다. 자자. 내일은 또 내일의 해가 떠오른다. 애써 잠을 청하지만 잠이 오지 않는다. TV를 켠다. 한국방송이 나온다. TV에서 나오는 소리들을 자장가 삼아 다시 잠을 청한다. 까무룩 잠이 든 상태에서 누군가 "나에게는 꿈이 있습니다"란 말을 간투사를 섞어 쓰면서 나직나직이 인터뷰를 하고 있었다. 잠깐 눈을 떠보니 KBS의 〈아침마당〉이 방영되고 있었다. 네 살 때 부모로부터 버림을 받고 미국으로 입양되어 온갖 차별을 겪으면서 아시아 사람들을 비하시켜 말하는 '오리엔트'란 말을 '아시안'으로 바꾸기 위해 정치인이 되고 워싱턴에서 상원의원이 된, 현재 5선의 상원의원인 신호범 씨의 인터뷰였다. 다시 잠을 청한다. 잠이 오지 않는다. TV에서는 인터뷰가 계속 이어지고 있었다. "아직 나에게는 꿈이 있습니다." 자리에서 일어난다. 잠은 한 시간도 자지 못했지만 머리는 맑다. 일어나며 나는 중얼거린다.

나에게도 꿈이 있다. 영화를 영화로 만드는 영화감독의 꿈이.

파타야로, 중앙역으로, 끄렁떠이로 가는 길은 변함없이 맑고 푸르다. 나는 그 모습들을 카메라에 담고 있었다. 비록 이번에 담긴 이미지들이 내 머릿속 에만 남아 있을지라도 언젠가는 대형스크린 위에 고스란히 담길 것이다. 나에게 꿈이 남아 있는 한.

Norway

SANTA CLAUS'
MAIN POST OFFICE 96930
NAPAPIIRI FINLAND

Inari

Rovaniemi

66° 33' 07" Arctic
Circle

SANTA CLAUS
POST OFFICE

Kemi river

Oulu

Finland

Oulujarvi

kokkola

Alvar Aalto

Pielinen

gulf of Bothnia

Vaasa

Nasijarv

FINLAND

Tampere

Aland
Islands

Lahti

Helsinki

오, 12월을 사랑하는 사람들

이병률에게 여행은
바람, '지금'이라는 애인을 두고 슬쩍 바람피우기.

3

이병률 … 시인. 1967년 충북 제천 출생. 1995년 한국일보 신춘문예로 등단. 시집『당신은 어딘가로 가려 한다』『바람의 사생활』『찬란』등을 냈으며, 여행산문집『끌림』과『바람이 분다 당신이 좋다』를 출간했다. 현대시학작품상을 수상했다.

사람은 헤어지더라도 '나라'는 그렇지 않을 것 같은 거다. 그래서 허술하게나마 나라를 모은다. 나라가 아주 많아 나라가 넘치면 나는 할 일을 다했다 할 수 있겠다. 나라에서 나라로 선을 잇고 그 선들이 많아지면 내가 마저 할 일은 가득 넘치는 것. 그러면 다시 잘 태어날 수 있을 것 같은 거다. 내가 어딘 가로 떠나가서 성냥을 한 통씩 들고 오는 이유도 그것과 닮았다. 성냥은 속수무책일 때 이상하게 위안이 된다.

탈린Tallin에 가고 싶은 마음을 먹은 건 언젠가 우연히 잡지에서 본 사진 한 장 때문이었다. 눈이 조금 쌓였고 사진 자체에 성에가 달라붙은 소박한 겨울 사진이었는데 역시나 난 그곳에서도 성냥 한 통 사오리라 방향을 정한 적이 있었다. 어떤 마음을 먹느냐에 따라 인생도 한 계절도 그렇게 된다. 어떤 마음으로 떠나느냐도 마찬가지.

탈린에서 성냥통을 들고 올 때는 내 의지에 의해서가 아니라 눈보라에 떠밀려 돌아왔으면 싶었다.

탈린은 실타래 같다. 좁은 골목길이 발달한 성곽도시여서 아늑하다. 또 탈린은 장작 같다. 성냥을 그어 불을 붙이면 금방이라도 감정에 활활 불이 붙어버릴 것 같다.

사람들이 탈린에 가는 건 난감하게, 불같은 감정에 갇히러 가는지도. 탈린의 중심부는 높이 치솟아 있고 그 중심으로부터 나선형의 골목길들이 똬리를 틀듯 내려앉아 있어, 한번 이곳에 들어온 바람은 빠져나갈 수도 없다.

이야기 하나를 완성하고 싶었는데 이내 발칙한 이야기들이 진전을 보인다. 마치 소설가 전용 도시에 도착한 것만 같다. 잃어버렸거나, 혹은 소멸했을 수도 있는 이야기들이 자꾸 치밀어올라 안심마저 된다. 여행자의 발길이 줄어든 겨울이라지만 탈린은 주말만 되면 빈방이 하나도 없을 정도로 여행자들이 넘쳐난다. 여행자들은 이야기의 주인공이 되기를 서슴지 않는다. 유럽 물가에 비해 저렴한 물가, 그럼에도 유럽 어느 나라 못지않은 예스러운 분위기, 그리고 천진하면서 소박한 낭만. 이 세 박자를 과감히 뿌리칠 여행자는 세상 어디에도 없을 것이다.

탈린은 동화적인 풍모를 자랑하는 곳이나 단맛은 제거되어 있고, 시詩적인 도시이면서 비밀스럽다. 멈춘 시계를 파는 골동품가게, 죽어 있되 언젠가 잎을 틔울 거라 믿고 창가에 내놓은 나무 화분, 어딘가에 기억을 묻어두고 한없이 앉아 있는 사람을 닮았다. 특히 밤이 되면 탈린은 도망을 온 사람의 얼굴처럼 나지막해진다. 무슨 애틋한 사연이 있어서 도망을 왔거나, 사랑하는 사람과 함께 꼭꼭 숨으려는 듯 탈린에서는 누구나 간절히 밤을 맞는다.

유럽에는 크리스마스를 한 달 정도 앞두고 어김없이 크리스마스 장터가 열린다. 대부분은 선물을 내놓고 팔고, 대부분은 손으로 만든 물건들이 주를 이룬다.

크리스마스를 앞두고 도시는 살짝 서슴없다. 크리스마스 마켓에서 수예품을 팔고 있던 중년의 욜린다는 지금 막 이웃 가게에서 크리스마스 선물로 양초 하나를 샀다며 자랑이다. 붉은 장미를 조각했다. 며느리에게 줄 선물인데 내년에는 꼭 손자를 품에 안았으면 하는 마음을 담아 건넬 거란다. 아들네가 결혼한 지 꽤 되었지만 그토록 기다리던 아기 소식을 전해주지 않아 남은 인생이 꽤나 어정쩡한 모양이다. 그럼 남편에게는 어떤 선물을 준비했냐고 묻자 더 파랗게 눈을 빛내며 대답한다.

"남편한테 선물을 왜 해요? 내가 바로 선물이죠."

뭐, 그러면 됐다. 그 사랑 한번 믿음직스럽다.

크리스마스 마켓에서 돌아오는 길, 몇 번 지날 때마다 문이 굳게 닫혀 있던 건물로 젊은 학생들이 들어서는 게 보여 그 앞을 서성인다. 그 안이 궁금하던 차에 용기를 내서 한 여학생에게 말을 건다.

"이 앞을 지날 때마다 항상 궁금했어요. 늘 음악 소리를 들었거든요. 어떤 날은 피아노 소리였다가, 또 어떤 날은 바이올린 소리였다가…… 혹시 여기 음악학교인가요?"

"네. 그 비슷한 곳이에요. 여러 사람들이 와서 음악을 공부하거나 우리들처럼 일주일에 한 번씩 모여 좋아하는 걸 연습하고 그래요."

"뭘 연습하는데요?"

"합창이요. 우린 성가를 연습해요."

아, 얼른 들어가보고 싶다. 들어가서 어색하나마 기웃거리다가 조금쯤 더운 김을 나눠 갖고 싶다. 들어가는 데 시간이 걸리는 것은 누군가의 허락이 필요한데 누구의 허락을 받아야 하는지 몰라서다. 누군가에게 물어보던 여학생이 아직 지휘자가 도착하지 않았으니 잠시 기다려달라고 한다.

약 마흔 명으로 구성된 이 합창단 이름의 어감은 조금 이상하다. 획!<u>Huick!</u>. 많은 사람들을 풍요롭게 한다는 의미를 가진 에스토니아 말이라니 내버려두자. 다가오는 크리스마스에 전국적인 규모로 열리는 큰 성가대회를 앞두고 탈린은 물론 서너 시간 떨어진 지방에 사는 대학생들까지 이 시간에 모여 연습을 한다. 지휘를 맡은 안나에게 '이번 대회에서 좋은 결과가 있을 것 같냐'고 묻자, 다른 달도 아닌 이 12월에 이렇게 모여 연습을 하는 것만으로도 충분히 즐겁고 고마운 일 아니냐고 한다. 맞다, 획. 이 12월에는 뭐라도 해야 한다. 피가 돌게 마른 감정이라도 연소해야 한다.

조그마한 선물가게에서 오래 서성인다

쉰 살 화가인 알렉산드르 사브첸코프를 만난 일은 조금 농담 같다. 도미니크 수도원의 기도실이라고 알려진 지하방을 찾았을 때 놀란 것은 동굴 같은 공간에 가득 채워진 그림들 때문이었고, 또 한번 놀란 것은 그 그림들은 그림의 숫자만큼이나 각자 다른 화풍을 가지고 있었는데, 그 그림들 모두 단 한 사람 알렉산드르의 손끝에서 탄생했다는 사실 때문이었다.

그리고 세번째 놀란다. 그곳은 더이상 기도실이 아니라 그저 한 예술가의 아틀리에로 쓰이고 있다는 사실에. 그 공간을 가득 채운 냉기 혹은 습기. 그곳에서 그림을 그린 시간이 십 년이 되었다고 한다. 아, 이곳의 기운이란 게 참 기묘하다. 춥지만 충분히 춥지 않으며 아직 온기가 남아 있는 허물 같으며 이 지하방을 만드느라 삽을 여러 개 부러뜨렸을 것처럼, 깊숙해서 안온한.

"이 공간에서 그림을 그리면서 어떤 영적인 보살핌을 받는다고는 생각하지 않나요? 왠지 그런 느낌들을 문득문득 받고 있을 것 같아 묻는 겁니다."

나의 물음을 살짝 비껴 그가 말한다.

"신은 항상 보고 있어요. 그러면서 노력하고 바라는 이에게 영감도 주죠. 영감이란 건 무의식적으로 오지만 아무것도 모르는 사람한테 주지는 않아요. 메마른 땅에 아무나 데려다놓았을 때 그 사람이 얼마나 수확할 수 있을지는 아무도 모르는 거잖아요."

난 장미를 그린 그림 한 점을 산다. 배낭에 넣어다니면 이 12월이 춥지 않겠다.

헤어지는 길에 그가 나뭇가지 하나를 내민다. 정원에 나무 한 그루가 있는데 가끔 이런 모양의 가지를 떨어뜨린다면서 건넨다. 가지와 가지가 만나 서로 혈관을 나누고 십자가 모양을 이루면 아침 정원 바닥에 무심히 떨어진다고 한다. 십자가 모양의 나뭇가지. 그가 기도를 하고 있구나 생각한다. 그의 기도는 헤아릴 수 있는 것이 아니구나 생각한다. 수많은 이들이 기도실을 찾느라 그의 작업실 문을 두드리면서 귀찮게 해도 그가 그곳을 등질 수는 없을 거라 생각한다. 그는 신이 가장 잘 보이는 자리에 둥지를 튼 것이 분명하므로.

그날 밤엔 면도를 했다. 나에게 엄격한 면도였다.

면도를 마치고는 면도기가 잘 마르게 창가 스팀 위에 올려두었다.

탈린사람들의 감각은 참 특별하다.
탈린사람들의 마음은 참 동굴 같다.

호스텔 건너편에 작은 가게가 있다. 몇 번 그곳을 지나면서도 그곳이 뭘 하는 곳인지 몰랐는데 어느 날 가게 앞에 켜둔 초를 보고 알았다. 조그마한 선물 가게. 그 가게의 문을 연다. 무엇이 사고 싶어서라기보다는 무엇을 참견하고 싶어서다. 이것저것 눈으로 참견을 하다 다시 또 시간을 가진 다음 들르겠다 며 싱겁게 나선다. 그리고 다시 그곳을 찾았을 때 나는 그녀에게 말한다. 탈린에 사는 당신이 부럽다고.

"이곳에서 돌아가면 나는 분명 이곳을 그리워할걸요."

당신은 말한다. 눈 내리는 12월의 탈린은 정말이지 너무 아름다워서 자신을 부러워하는 게 틀린 것 같지는 않다고. 당신은 조용하다. 말이 많지 않다. 나와 나이도 비슷하겠지.

"당신 가게, 정말 이쁩니다."

내가 말했더니 자신 소유의 가게가 아니라고 그녀가 말한다. 그게 뭐가 중요 하겠냐고, 당신 가게 정말 이쁘다고 다시 말한다. 그녀가 꾸몄을 것이 분명한 가게였으므로 내 목소리는 강요에 가까울 정도로 커져 있다.

탈린에서 태어나 자랐다는 그녀에게 대뜸 묻는다.

"그러니까 탈린은 뭐예요? 한마디로 말하자면?"

그녀는 생각하는 듯 내가 고른 물잔 두 개를 느리게 포장하면서 대답한다.

"탈린은, 아주 작고 달콤한 케이크예요."

탈린이라는 구도시의 형태가 동그래서가 아니라 달콤해서가 아니라 도시가 가진 아주 특별한 사랑스러움에 대해 말하는 것 같았다.

"아주 예쁘게 생긴 케이크가 당신 앞에 놓여 있다고 생각해보세요. 두근거리겠죠. 그렇게 가만히 있을 수 있겠어요? 당신은 곧 참을 수 없게 될 거잖아요."

아, 그렇게 말하는 당신은 내 친구 같다. 그 말에 내 몸에 불이 켜진다.

오래전 처음 탈린에 왔을 때는 단 하루뿐이어서 잘 몰랐는데 이번에 두번째 오면서 탈린 사람들 모두가 탈린을 아끼고 가꾸고 있는 진심을 읽었다고 하자, 정말 맞는 말이라며 눈을 맞춘다. 탈린을 찾는 사람들은 점점 늘어나고 있지만 외지 사람들의 무엇들로 인해 탈린만의 색을 잃어가는 것을 원하지 않는다는 말이 애원에 가깝다. 물론 그 간절히 원하는 것과 원하고 있으면서도 결국 잃고 마는 것의 대비가 어마어마하다는 걸 그들은 또 우리는 알고 있다. 그들은 놓치지 않기 위해 그만큼의 안간힘으로 그들이 오래 지켜온 색깔에 매달려 있다. 그것을 놓치는 순간, 인생이 꺾이고 마는 사람들처럼. 그래 그런가. 사이가 드문드문한 가게들, 식당들도, 행간이 선명한 술집의 불빛들조차도 모두가 탈린이라는 인생의 골목길을 수놓고 있는 것처럼 보인다.

주말이면 핀란드, 스웨덴사람들이 술을 마시러 참 많이들 온다. 어찌 보면 탈린은 과한 바bar의 숫자만으로도 도시 자체가 흥청망청 멍청해 보일지도 모르지만 아주 깊은 밤, 공원에 모인 탈린의 소년 소녀들의 술 마시는 방식을 대하면서 잠시 놀란다. 일단 그들은 도시 가운데 있는 공원에 옹기종기 모여 서 있다. 음침한 곳도 아니며 사람들의 눈길을 피하는 공간도 아니다. 꽤 여러 명이 서서 뭔가를 마시고 있는데 가만 보면 음료를 마시는 것처럼 보이지만 그들은 음료수 병에 알코올을 담아 마시고 있다. 그들도 세상의 기준과는 상관없이 즐거워야 하는 것이다. 윗입술이 아랫입술에 닿듯 그래야 하는 것이다. '완전' 밝은 데서 감행하는 똘똘한 행동들은 그 행동이 어떠냐와 상관없이 '완전' 귀하게 보인다. 소박하고 당당하니 건강하다.

탈린이라는 도시에 제목을 하나 붙이면 〈비밀의 여백〉이다. 매혹에 흠뻑 젖게 해주면서도 골목길을 걷는 이들 마음 한 켠에 여백을 번지게 한다. 돌길의 냉엄한 틈과 다정한 온도. 나무문짝들의 수런거림. 밤이 되면 촛불인지 가로등인지 분간이 어려운 불빛들의 속닥거림. 치마폭이 긴 바람. 이 모든 것들과 함께, 이 도시에 비밀을 들으러 온 사람들은 자신만의 비밀을 저지르고 간다.

만약 길을 걷다 장갑을 잃고 맨손으로 돌아갈지라도 그 얼마나 살아 있는 눈빛으로 돌아왔는지에 대해서만 적게 될 것이다. 그리고 나는 아마도 그곳에서 얻은 비밀 하나로 기운을 얻어 눈을 반짝일 것이다.

나는 탈린에서 얻은 여백을 내 위에다 '덮어쓰기' 한다. 나는 이 여백을 조금도 손상하지 않으려 하면서 조금 더 추운 북쪽으로 마음의 방향을 잡는다.

★ 핀란드의 로바니에미

산타파크에서 요정들과 함께 크리스마스트리를 만드는 아이들의 모습. 산타파크에 마련된
요정학교에서 아이들은 사랑을 나누는 법을 배우기도 한다.

북극선을 넘다가 행복해졌다

◇◇

추운 나라에서 추운 시간을 살아보고픈 소망이 있었다. 그곳이 북극이었으면 했다. 오직 추위만을 느끼면서 살아 있다는 감각을 서서히 얼리는 것. 내 지느러미는 그 방향을 원하고 있었다. 북극으로 향하는 긴 여정 동안, 적잖은 긴장 탓인지 몸이 바싹 마르는 기분이 들었다.

내가 도착해야 할 곳은 북극선이 지나는 곳, 핀란드에서도 훨씬 북쪽 방향이다. 그리 멀지 않은 곳 동쪽으로는 러시아의 북극이, 서쪽으로 노르웨이의 북극이 어깨를 나란히 하고 있는 로바니에미^{Rovaniemi}다. 나는 무조건 그곳에 대단한 인생의 방향이 펼쳐져 있을 것만 같은 생각이 들었다.

처음 나를 맞이한 인상은 '낭만'이었다. 판타지인지도 모르겠다. 나는 빈손이었지만 그 마을은 달랐다. 넘치는 사탕과 초콜릿, 저녁 무렵의 수많은 촛불들. 주인이 없어서 모두 만져도 되며 모두 가져도 될 것처럼 선명한 마을.

그 마을 입구에는 몇 톤은 족히 넘을 편지가 쌓여 있었다. 그것도 모자라 편지의 양은 점점 많아질 것이라고 했다.

이 세상에는, 주소를 모른다면 적지 않아도 편지가 도착하는 한 군데가 있으니 그냥 봉투에 풀칠만 하고 받는 이의 이름만 적으면 된다. 물론 이름을 적지 않더라도 받는 사람의 생김새를 대충 그리기만 해도 편지는 온다. 핀란드 산타마을의 산타우 체국 이야기다. 무심코 집어든 LEE라는 성을 가진 대만사람이 보낸 편지도 그랬다. 봉투에는 나라도 동네 이름도 없이 그냥

111

〈To: Mr. Santa Claus〉라고만 적혀 있다. 세상의 많은 사람들은, 특히나 세상의 우체부 아저씨들은 핀란드에 산타클로스가 살고 있다고 확실히 믿는 듯하다(핀란드 우편국에서는 1985년부터 산타 편지 프로젝트를 만들어 가능한 한 많은 편지에 답장을 보내고 있다).

편지는 원하는 것을 담는다. 아마도 거의 모든 것을 담을 수 있을 것이다. 가질 수 없는 것까지도 담을 수 있다는 면에서 한정 없다.

산타에게 편지를 쓰는 일은 아이들만이 할 수 있는 일인 줄 알았다. 아이들에게만 어울리는 일들이 있으니 그런 줄 알았다. 세상에서 가장 착한 우리 딸아이에게 무엇이라도 좋으니 선물을 좀 보내줄 수 있느냐고, 그래서 아버지의 사랑이 닿을 수 없는 아이에게 이 세상에 산타 할아버지가 있다는 사실을 알게 해달라는 감옥에서 보내온 편지도 있다. 편지를 쓴 아버지는 어떤 죄로 인해 세상 깊숙한 곳에 갇힌 처지다.

사람들은 아주 오래전부터 세상 어딘가에 산타가 있다는 사실을 믿어왔지만 어느 한순간 그곳이 로바니에미에서 멀지 않은 어느 산마을 '코르바툰들'이라고 알려지기 시작했다. 1927년경이었다. 사람들은 그때부터 그 마을로 편지를 보내기 시작했고 그저 평화롭기만 한 마을에 도착한 편지를 읽는 마을 사람들의 즐거움은 풍요로웠다.

1950년 루스벨트 대통령의 부인 엘리노어 여사가 산타클로스가 사는 마을을 직접 방문을 하겠다고 했을 때 핀란드는 깜짝 놀랐다. 그 준비로 북극선 Arctic Circle이 지나는 자리에 통나무집을 지었고 그것을 시작으로 산타마을이

조성되었다. 그렇다면 산타클로스는 정말 존재할까.

"그럼 나도 직접 산타를 만날 수 있는 거예요?"

"만날 수 있고 말고요. 산타마을에 온 손님이라면 누구나 만날 수 있답니다."

실제로 만난 산타의 존재 앞에서 약간 얼굴이 붉어지기도 한다. 마침 산타 할아버지는 전 세계에서 도착한 편지를 읽고 있는 중이었다.

"크리스마스 자체가 상업화되어가고 있는 이 시대에, 이탈리아에서 온 이 아이의 편지를 읽는 마음이 참 그러네요. 자기 옆집에 자기보다 어린 아기가 있는데 그 아기가 많이 배고프니 이유식을 보내줄 수 있냐는 편지예요."

세상이 따뜻했으면 좋겠다, 라는 글로 마감을 하는 이 편지는 비록 어린아이가 쓴 것이긴 해도 누구나 가난한 마음으로 12월을 맞이할 수는 없을 거라는 어른스러운 메시지를 보탰다.

"궁금한 게 있는데요. 도대체 그 많은 선물을 나눠주시려면 시간이 없을 텐데 어떻게 가능하지요?"

"시간을 멈춰야죠. 그렇지 않으면 불가능하거든요."

그가 가리킨 것은 자신의 방 안에 있는 커다란 시계다. 지구의 중심까지 박혀 있는 시계의 지렛대를 멈추면 그 시간 우리가 사는 세상도 행복을 받아먹을 준비로 잠시 멈추는 것이다.

몇 해 전부터 우체국에서 일을 하는 한국인 스태프 김정선씨는 그 많은 편지들 속에는 뚜렷한 하나의 색깔을 띠게 되는데 편지에 사연에 한 해 동안의 어려움들을 고스란히 담는다고 한다. 일본의 지진 피해에 관련된 기도와 염원이 담긴 편지들이 그렇다.

요즘은 수많은 편지와 함께 공갈젖꼭지도 도착한다. 공갈젖꼭지를 놓지 못하는 어린아이들이 산타의 선물과 맞바꾸자는 부모의 제안에 그만 솔깃해서.

북극곰과 흰여우가 있다고 해서 찾아간 라우나^{Rauna} 야생동물원에서 늑대를 가까이서 봤다는 사실에 놀라고 그림처럼 우아하게 앉아 있는 부엉이들과 눈이 마주치면서 또 한번 놀란다.

동물원에서 나오니 호수의 전망이 펼쳐진 곳에 몇 채의 오두막이 보였다. 나들이를 하는 사람들이 이용하는 용도였다. 추운 날, 바람을 피한 사람들은 어디선가 장작을 가져와 불을 지피고 있었다. 닭고기와 토마토를 구워 저녁을 먹으려는 사람도 보였다. 핀란드의 캠프장 어디에나 장작이 구비되어 있어 핀란드 사람들은 아무나 그것을 그냥 가져다 불을 피우면 된다. 두둑히 쌓인 장작으로 불을 피워 추위를 녹이는 사람들에게서 핀란드 숲의 저력을 본다.

보드카 한잔을 따라주며 여행자의 안부를 물어오는 사람이 있다. 짧은 대화였지만 그들 속에서 핀란드 사람들이 술을 많이 즐긴다는 인상을 받았다. 꽤 정직하고 심성이 곧은 민족이라는 사실은 익히 들어 알고 있었지만 술을 많이 즐기는 사람들이라는 사실 하나를 더 알고 나니 언 몸이 무조건 녹는다. 조용한 사람들이 내뿜는 특별한 광채 같은 걸 술기운에 보게도 된다. 인연이란 그런 것인가보다. 처음 보는 이에게서 얻어 마신 두 잔 술이 오래 미안한 것.

설마 했던 것을 찾아가는 게 여행인지도 모른다. 핀란드 로바니에미에서 우리가 상상하는 것 이상의 산타클로스 마을을 만났다. 북극선 너머에 위치한 산타마을은 다음 해 2월 말까지도 눈 덮인 마을 풍경을 볼 수 있다고 한다.

당신은 베리를 따요, 나는 사냥을 하지요

눈이 내려주기를 기다리며 밤길을 걷다가 우연히 마주친 여자가 동양사람에 대한 호기심 때문이었는지 말을 걸어오기도 했다. 크리스마스 장식품들이 걸려 있는 가게 앞이었다.

"한국에서 왔군요. 한국과 일본은 핀란드에서 가장 멀리 있는 나라라고 어디선가 읽은 적이 있어요."

아, 그토록 먼 곳이라. 나는 그 사실을 부러 모른 척하고도 싶고, 또 먼 곳이어서 여기 살고도 싶어진다.

만약 그렇게 된다면 매듭 묶는 법부터 배워야 할 것이다. 풀들을 말려 바구니를 엮은 다음 한여름이 시작되는 7월의 오후 햇살을 받으며 숲으로 들어가 클라우드베리를 따면 될 것이다. 그리고 그 뒤로 이어지는 블루베리와 린곤베리, 크렌베리(핀란드에는 베리의 종류가 어찌나 많은지!)를 버섯과 함께 따다가 서늘한 뒤꼍에 모셔다 놓아도 되겠다. 그렇게 딱 한철만 자작나무 숲에다 몸을 옮겨봤으면 좋겠다.

물론 시간이 좀더 허락한다면 총을 하나 가져야 할 것이며 사냥칼의 날을 가는 시간을 가져도 좋을 것이다. 겨울이 시작되면 엘크라 불리는 큰 덩치의 북유럽 사슴과 물오리 사냥을 하고 얼음이 튼튼히 얼기를 기다려 얼음 밑으로 낚싯대를 기울여도 좋겠다.

아, 그리고 초겨울에는 커다란 놈으로 연어를 사다가 뼈를 바르고 살을 저며

겨울을 날 동안 먹어야 할 것들을 저장해야 하리라. 그리고 겨울 속으로 들어가 사색과 느림을 즐기며 되도록 깊게 나를 누르고 있고만 싶다. 그것으로도 지칠 때면 눈썰매를 타면 될 것이고 그것도 시큰둥해지면 등산 지도를 만들어도 좋을 것이다.

헌데 이곳에서 그 무엇보다도 혼자 다니는 사람들이 많이 눈에 띄는 건 왜 그런 걸까. 생각하기 좋은 계절을 지나기 때문일까. 혼자 있는 시간만으로도 충분히 행복해서일까. 지금은 그 정도는 아니지만 그리 오래되지 않은 시절 사람들은 '겨울시장'이 열리면 장을 보러 시장에 나오기도 했지만 사람들이 그리워 모두들 시장에 나와 서성였다고 한다. 지금은 도시 중심으로 모여 사는 편이지만 들판에 산에 드문드문 집들이 있던 시대에는 충분히 외로웠으므로 그랬으리라. 조용한 삶을 존중하되 사람을 그리워하는 마음만은 아낄 것 없던 시절, 그들은 시장에 모여 수런거렸을 것이다.

로바니에미를 떠나는 저녁길, 알바르 알토^{Alvar Aalto, 핀란드 건축가}가 설계한 건축물들이 마음에 진하게 남는다. 세계2차대전으로 폐허가 된 로바니에미 도시 전체를 책임설계했다는 알바르 알토의 건축물은 시내 심장부에 위치해 있는데 공연장^{Lappia House}, 도서관, 시청, 그렇게 3형제다. 추운 날씨의 날카로움을 반사시키려는 듯 부드러운 건물의 선들이 굉장했다. 그렇게 겸손하면서도 부드러우며 또 순한 건축을 할 수 있다니. 그 밖에도 미술관^{Korundi}, 과학관^{Pilke House} 등 여러 건축물을 둘러보는 재미도 굉장해서 물으니 아닌 게 아니라 북유럽에서 건축과 디자인을 공부하기에 이만한 곳이 없다는 이야기를 듣는다.

산타마을 가운데로 북극선이 지나간다. 북극선을 알리는 보랏빛 조명 라인.

시립도서관은 너무도 우아해서 도서관이라기보다 차라리 미술관 같다.

'눈의 학교'를 짓는 상상도 한다. 핀란드 교육은 몸을 움직여 뇌를 열어놓으라는 의미에서 0교시나 1교시에 체육이나 놀이를 시킨다는데 0교시나 1교시에 눈싸움을 시키고, 눈사람을 만들게 하거나, 현미경으로 눈과 서리를 관찰하게 하는 그런 학교였으면 좋겠다. 눈 위에 글씨를 쓰게 해서 글을 익히는 수업도 좋겠지.

떠날 날이 다가와도 로바니에미에 눈은 내리지 않았다. 눈을 기다리느라 내 눈가는 시퍼래졌다. 새벽에도 내다보고 잠자리에 누워서도 한번 더 바깥을 내다보곤 했지만 어쩔 수 없는 것은 어쩔 수 없었다. 대신 습기들을 얼려 눈꽃들만 피웠다. 마치 한 여자가 춤을 추는 듯한 모습을 닮은 핀란드 나라 모양의 지도를 자꾸 들여다보면서 12월은 푸지게 눈 위에서 춤을 추면서 지내도 좋겠다는 생각을 오래, 고단하도록 했다.

하지만 내가 떠난 뒤 폭설은 가슴까지 미어지도록 덮일 거였다. 그리고 그곳 사람들도, 그곳을 떠나온 나도 12월의 마지막 밤에는 거대한 오로라를 볼 수 있을 거였다. 비록 가장 멀리 떨어진 채로 그렇게 우리가 따로일지라도.

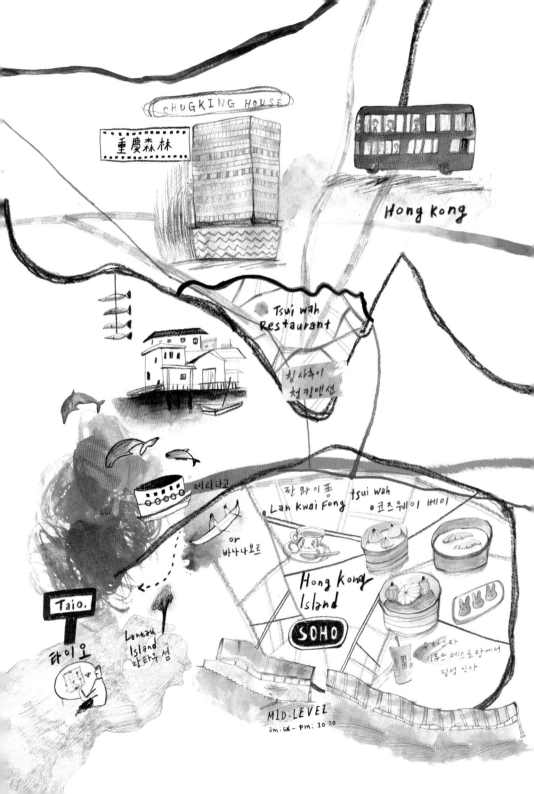

홍콩에서
열아홉 살의 꿈을 맛보다

백영옥에게 여행은
다시 일상으로 돌아가기 위한 도돌이표.

백영옥 ⋯ 1974년 서울 출생. 패션잡지 기자 출신의 소설가. TV 드라마 〈스타일〉의 원작자
다. 소설 『스타일』은 1억 원 고료 세계문학상 수상작으로 30만 부 이상 팔렸다. 2006년 문
학동네 신인상을 수상하며 등단. 장편소설 『다이어트의 여왕』 『실연당한 사람들을 위한 일
곱시 조찬 모임』, 소설집 『아주 보통의 연애』 등을 냈다.

한때 홍콩은 내게 왕가위의 도시였다. 그곳에 가면 가발을 뒤집어쓴 채 밤에도 선글라스를 벗지 않는 임청하 같은 고독한 도시 여자들이 있고, 양조위처럼 흰색 팬티와 메리야스가 잘 어울리는 잘생긴 경찰관이 있을 거라고, 물론 소독저처럼 깡마른 왕비같은 여자가 종업원으로 있는 심야 샌드위치가게도 있을 거라고 믿었다. 마마스 앤 파파스. 캘리포니아 드림. 중국으로 반환되기 전 불안한 사람들의 눈빛. 거미줄처럼 얽힌 골목들과 벽 위에 덕지덕지매달린 무수히 많은 간판. 홍콩에 대한 내 환상의 팔 할은 왕가위 때문에 만들어진 것이었다.

나처럼 1990년도에 학창 시절을 보낸 사람들에게 홍콩은 '누군가의 도시'로기억되는 곳이다. 그곳은 이빨로 성냥개비를 씹으며 바바리코트 속에 권총을 넣고 어둠의 도시를 걷던 주윤발의 느와르풍 도시이거나, 세상에 더할 나위 없이 아름다운 뒷모습과 목선을 가진 여자로 기억되었던 장만옥의 서정도시일 수도 있지만, 내게는 무엇보다 장국영의 비련 도시였다.

영화 〈아비정전〉에서 나른한 목소리로 중얼거리던 그 말. "세상엔 발 없는 새가 있다더군……"으로 시작하는 아비의 얼굴은 내 청춘의 잔상이 고스란히 투영되어 있었다. 세상에는 발 없는 새가 있어, 영원히 땅 위에 앉아 쉴 수 없다는 말은 당시 많은 사람들의 가슴속에 오래도록 남아 있었다. 사람들은 그토록 아름다운 남자의 뒷모습을, 맘보를 추던 그의 청춘을 그렇게 추억했다.

그러므로 4월 1일 만우절 날, 만다린 오리엔탈 호텔 23층에서 장국영이 투신해 자살했다는 기사가 떴을 때, 나는 그것이 기념비적인 만우절 거짓말이길 바라는 것 이외엔 아무것도 생각나지 않았다.

장국영이 죽은 날, 약국에 가거나 회사를 조퇴한 여자들의 숫자가 공식적으로 집계됐을 리 없지만 나는 그 숫자가 적지 않았다고 확신한다. 자살하기 직전, 그는 매니저와 차를 마시기로 했었고, 절친한 친구와 배드민턴 시합을 약속했었다. 그리고 두 약속 모두를 지키지 못했다. 불행히도 호텔에서 투신한 후, 그는 몇 시간 동안 살아 있었고, 퀸 메리 병원의 응급실에서 죽음을 맞이한다.

홍콩은 한때 내게 어둠의 도시였다. 크리스토퍼 도일_{왕가위 영화의 촬영감독}의 흔들리는 카메라처럼 불안하게 가라앉는 도시였고, 그런 정서는 내가 가진 균열들과 정확히 맞아떨어져 언제나 나를 흔들었다.

아마도 나는 막연히 늘 그곳으로 떠나고 싶어했던 것 같다. 이민자들이 우글대는 '청킹맨션'의 어두운 복도를 걷고, 한밤의 더위에 웃통을 벗어제낀

홍콩에는 정말 많은 사람들이 산다. 스치고, 스치고를 반복하다보면 '인연'이란 말이 달달하
게 스친다.

시끄러운 목소리의 아저씨들이 후다닥 말아주는 국수를 먹고 싶어했던 것 같다. 그것이 겉멋이든 치기든 한때 내 감성의 일부를 꾸리고 있던 실체이므로 나는 이 도시와 어느 정도 감정적인 형제애를 가지고 있다고 말할 수 있을 것이다.

2000년, 다시 홍콩의 기억

사람들은 홍콩을 잘 모른다. 출장 때문에 자주 홍콩에 오는 사람일수록, '그랜드 바겐' 기간에 맞춰 쇼핑 때문에 홍콩에 자주 들르는 사람일수록 이 도시를 잘 모른다고, 나는 거의 확신할 수 있다. 이상할 정도로 복잡하고 미묘한 곳이 이 도시의 캐릭터라는 걸 알고 나면, 현지인들이 하는 이런 말들, 가령 "홍콩의 맛있는 음식을 먹으려면 최소 삼 개월은 걸릴 거예요" 같은 소리가 그저 허장성세가 아니란 걸 알게 된다.

실제로 홍콩에는 가봐야 할 식당들이 즐비하다. 국가별, 종류별로 먹어야 할 음식들이 많은데 거기에다가 중국의 커다란 땅덩어리 때문에 구별되는 '지역별' 음식들도 너무나 많다. 북경과 광동음식들은 요리법이나 재료가 너무 다르고, 국수 한 가지만 해도 면발의 종류에 따라 육수의 종류에 따라 엄청나게 많은 숫자를 자랑하기 때문이다.

서울이나 도쿄가 '전통'을 중시하는 식문화를 가지고 있다면 이 자그마한 나라의 식문화는 다른 지점에서 사람들을 유혹한다. 가령 홍콩의 가장 트렌디한 대중음식점인 '취와tsui wah'의 메뉴는 백여 가지를 육박한다. 메뉴만 백 가지! 면면을 살펴보면 광동 스타일의 볶음밥이나 시금치를 넣은 새우만두, 쓰촨 지방의 국수에 인도 카레와 태국 똠얌꿍 국수까지 국적불문 안 파는 게 없다. 밀크티와 연유를 부어 만든 달콤한 디저트 빵까지 만들어 파니 말을 말자. 없는 거 빼면 없는 게 없고, 맛없는 거 빼면 다 맛있다는 게 홍콩사람들 말이다. 실제로 가격이 홍콩달러 50달러 아래라서 하루종일 사람들이 바글대고, 여럿이 가면 어깨를 맞대고 밥을 먹어야 한다.

전통을 중시해 전문식당이 많은 서울이나 도쿄라면 메뉴 백 가지 레스토랑이 인기를 끌 리 없다. 뷔페식당도 아니지 않은가! '곰탕은 하동관, 냉면은 우래옥' 하는 식의 전통주의자라면 퓨전이 반가울 리도 없다. 하지만 홍콩은 전통보단 늘 유행을 좇아 새로운 메뉴를 개발하는 문화를 가지고 있다. 덕분에 메뉴는 몇 개월 단위로 바뀌고, 새로운 맛을 찾아 떠나는 모험가 기질의 미식가들에겐 더할 나위 없는 미식 환경을 제공한다. 아마도 이런 홍콩 특유의 개방적인 미식 환경이 세계 유명 셰프들의 구미를 당기는 것인지도 모르겠다. '장 조지' '조엘 로부숑' 같은 스타 셰프들이 자신의 레스토랑을 이곳에 열어 사람들을 끌어모으고 있으니 말이다.

홍콩의 유명 딤섬 체인식당인 '슈퍼스타 시푸드 레스토랑'의 딤섬 역시 수시로 메뉴들이 바뀐다. 재밌는 건 이곳의 딤섬이 펭귄이나 토끼, 고양이나 얼룩말처럼 다양한 동물 모양으로 하고 있다는 것이다. 열 명 정도의 인원이 모이면 딤섬 장인인 셰프가 직접 나와 다 함께 '딤섬'을 만들어보는 '딤섬 체험 클래스'도 운영하고 있어서 직접 딤섬이 만들어지는 과정을 배울 수도 있다.

물론 손에 끈적한 밀가루 반죽을 묻혀가며 직접 만든 딤섬을 튀기거나 쪄서 먹는 맛도 그만이다. 재밌는 건 수시로 바뀌는 캐릭터 딤섬 메뉴들 중엔 큼지막한 '쥐' 캐릭터도 있다는 사실! (중국사람들은 식용 쥐를 길러 쥐 고기도 먹는다. 물론 전통시장에 가면 기름에 갓 샤워한 비둘기 고기도 얼마든지 구경

할 수 있다.) 하긴 날아다니는 것 중엔 비행기, 땅에 있는 것 중엔 책상 빼고 다 먹는 중국인이라고 하니, 그들의 모험적인 식도락 정신엔 경배를!

진짜 홍콩의 식도락을 즐기기 위해선 '롼 콰이퐁'과 '소호' 그리고 요즘 조금씩 뜨고 있는 '노호'를 둘러봐야 한다. 이름이 각기 달라 멀리 떨어져 있을 것 같지만 사실은 걸어서도 충분히 이동할 수 있는 정도이고, 골목 한두 개를 사이에 두고 거의 경계 없이 붙어 있다. 기준점으로 삼을 수 있는 것은 영화 〈중경삼림〉에서도 등장하는 미드레벨의 에스컬레이터이다.

세상에서 가장 긴 지상 에스컬레이터인 '미드레벨 에스컬레이터'는 사실 홍콩의 악명 높은 주차 환경과 교통 정체 때문에 생긴 것이다. 홍콩 정부가 미드레벨 지역의 주민들의 통근을 돕기 위해 만든 이 에스컬레이터의 길이는 800미터. 〈중경삼림〉에서 주인공 네 명이 스쳐지나가는 곳이 이 에스컬레이터이고, 주인공 왕비가 고개를 살짝 숙여 양조위의 집을 훔쳐보는 곳도 이 에스컬레이터 위다.

재밌는 건 엘리베이터에 하행 시간과 상행 시간이 존재한다는 것. 아침 여섯시부터 열시 삼십분까지 출근 시간대에 이 에스컬레이터는 내려가기만 하고, 출근 시간이 지난 열시 삼십분부터 자정까지 이 에스컬레이터는 위로만 올라간다. 시간대를 놓치면 걸어서 올라가야 하기 때문에 하행 시간과 상행 시간을 잘 알아두는 것이 좋다.

저지대인 코닛 로드에서 맨 꼭대기인 타이핑 산 중턱의 아파트에 이르는 세상에서 가장 기이한 통행 수단인 이 에스컬레이터 위에 서면 홍콩의 다양한 얼굴을 걷지 않고도 살펴볼 수 있다. 특히 에스컬레이터 왼쪽과 오른쪽으로

다닥다닥 붙어 있는 작고 오래된 가게들과 퇴직자들이 운영하는 포장마차에선 밤새 흥청거리는 사람들의 모습을 살펴볼 수 있고, 위로 조금씩 올라가면 세련된 바와 테라스가 있는 카페, 독특한 화풍의 그림들이 전시된 갤러리, 다양한 국적의 레스토랑들이 즐비하다.

물론 홍콩의 대표 브랜드인 '왓슨스 슈퍼마켓'이나 '세븐일레븐'도 곳곳에 눈에 보인다. 이곳엔 홍콩의 1960년대 모습을 그대로 재현한 흥미로운 스타벅스도 있다. 인사동의 스타벅스가 미국 스타벅스의 프레임을 유지한 채 '간판'만 한국어로 썼다면 이곳의 스타벅스는 천장에 매달린 회전식 선풍기와 옛날 포스터, 두꺼운 버터를 넣어 만든 투박한 곰보빵과 롤케이크 등 실제 1960년대 사람들이 먹던 메뉴를 만들어 팔고 있다. 그 옛날 홀로 사는 노인들이 새가 든 나무 새장을 손에 들고 커피 한 잔을 마시기 위해 다방을 들르던 때의 낭만이 가득한 독특한 곳이다.

물론 홍콩의 진짜 옛날 '차' 맛을 알고 싶다면 구불거리는 옛 골목을 찾아가 '롼퐁유엔' 같은 옛날 밀크티집에 가는 게 좋다. 주윤발 같은 홍콩의 유명인 사진이 가득 들어차 있는 허름한 이곳에 앉아서 실크 스타킹에 막 우려낸 밀크티와 달지 않은 홍콩식 에그 타르트를 먹는 맛도 각별하다. 미드레벨의 에스컬레이터는 홍콩의 1960년대와 홍콩의 2010년이 함께 공존하는 듯한 특유의 분위기를 모두 포함하고 있기 때문에 도무지 걷기 싫어하는 귀차니스트들의 여행 코스로는 이 기이한 에스컬레이터가 꽤 낭만적일 게 틀림없다.

또다른 홍콩의 기억

홍콩에 가면 늘 센트럴 주위의 호텔에 머물곤 했다. '아르마니 바'나 'mo 바'처럼 최신 트렌드가 반영된 곳이 있고, 비가 와도 우산이 필요하지 않을 정도라는 홍콩 곳곳의 쇼핑몰들이 주위에 대거 몰려 있는데다가, 해변으로 보이는 호텔 풍경이 지극히 모던한 홍콩의 모습 그대로라 특별히 바쁜 시간을 쪼개 그곳을 벗어날 생각을 하지 못했던 셈이다. 그런데 그때마다 보게 되는 다소 기이한 풍경이 있었다. 커다란 돗자리를 펴고 앉아 이런저런 수다를 떨고 있는 한 무리의 필리핀 여자들이었다. 그들은 그곳에 앉아 도시락을 펼쳐 놓고 음식을 먹기도 했고, 카드 비슷한 것을 가지고 놀이를 하기도 했고, 노래를 부르거나, 그곳을 지나다니는 관광객들의 시선에 불편함 없이 잠을 자기도 했다.

나중에 듣고 보니, 이 여자들은 모두 홍콩 현지인들의 '가정부'들로 이것이 이들 특유의 문화라고 했다. 공식적으로 집계된 가정부들의 숫자만 오만 명이고, 이들 대부분이 영국 식민지 시절부터 홍콩에서 '가정부'로 일한 탓에 그들 특유의 문화를 이곳에 정착시켰다는 게 홍콩인들의 전언이었다. 경찰은 이들을 위해 도로 하나를 통제시키기도 하고, 이들에게 개방적인 듯했다.

또 한 가지 재밌는, 서울과 다른 홍콩의 또다른 면모는 어딜 가나 쉽게 발견할 수 있는 작은 사원들이었다. 홍콩에는 다양한 소원을 빌 수 있는 많은 '신'들이 존재한다. 부를 이루어주는 신, 건강을 지켜주는 신, 행복을 가져다주

홍콩에는 다양한 소원을 빌 수 있는 많은 '신'들이 존재한다. 부를 이루어주는 신, 건강을 지켜주는 신, 행복을 가져다주는 신, 심지어 '글'을 잘 쓰게 해주는 신까지 있을 정도다. 소원을 빌 때 향로에 꽂는 향의 길이나 굵기도 제각각이라 일 개월 동안 타는 향부터 일 년이나 타는 향까지 있다. 소호와 노호 사이의 길을 걷다가 들른 '맘모 템플'에서.

는 신, 심지어 '글'을 잘 쓰게 해주는 신까지 있을 정도로 신의 숫자가 많다. 소원을 빌 때 향로에 꽂는 향의 길이나 굵기도 제각각이라 한 달 동안 타는 향부터 일 년이나 타는 향까지 있다. 소호와 노호 사이의 길을 걷다보면 만나게 되는 '맘모 템플'은 1848년에 세워진 사원으로 삼국지의 '관우'를 모시는 곳인데 홍콩의 정계 인사나 기업인들이 소원을 비는 곳이라고 한다.

다리 밑에서

사실 한 해의 소원을 비는 것이야, 동양 서양 할 것 없이 보편적인 일이라 딱히 내 관심을 끌진 않았다. 그런데 하즈웨이 베이 근처, 타임스퀘어와 재래시장 사이의 보링턴Bowrington 다리 밑에서 아주 재밌는 풍경 하나를 보게 됐다. 별다른 설명 없이 지나가면 할머니들이 바닥에 과일을 쌓아놓고 앉아 향을 피워놓고 소원을 비는 것으로 보이는 이 장면은 사실 꽤 재밌는 이야기를 가지고 있었다.

각자 '신'을 모시는 할머니들은 사람들이 미워하는 사람, 즉 나를 힘들게 하는 사람을 대신 때려주는 사람들이었다. 미워하는 사람을 대신 때려주다니! 늘 좋아하는 것보단 싫어하는 걸 아는 쪽이 훨씬 더 유용하다고 믿는 나같은 사람이 보기엔 이런 할머니들의 존재는 더할 나위없이 흥미로웠다.

미워하는 사람의 이름을 말하면 할머니가 부적을 그린다. 그리고 미워하는 사람의 이름을 적은 그 부적을 벽돌 위에 올려놓고 때리기 시작하는 것으로 다리 밑 제의가 시작된다. 다리 밑이라 늘 어둠이 고여 있는 이곳에선 모든 것들이 평소보다 더 많이 공명한다. 이때 할머니들이 주로 이용하는 것은 놀랍게도 헌 신발. 어찌나 두들겨댔는지 신발 뒤축이 너덜너덜해져 앞코로 때리는 할머니들도 있었다.

하얗게 머리가 센 구부정한 할머니라 대충 때릴 것이라 생각하면 대단한 오산. 어디서 그런 기력이 나오는지 오 분을 넘게 할머니는 부적 여기저기를 이

리 패고, 저리 패고, 그야말로 입이 떡 벌어질 정도로 누더기를 만든다. 사실 그냥 신발 뒤축으로 때리기만 하는 것도 아니다. 때리는 동시에 쉬지 않고 뭔가를 중얼중얼대기 시작하는데, 아마도 '그만 괴롭혀라' '떨어져라' '자꾸 그러면 혼을 내겠다' 뭐 이런 주문들을 외는 것 같았다.

할머니가 그렇게 두들겨 패 너덜거리는 부적을 호랑이 인형에 넣어 술떡을 먹여 태우는 장면은 이상한 위로를 준다. 마치 미워하던 사람이 내 마음속에서 멀리 사라지는 것처럼 말이다. 향냄새가 가득한 다리 밑에서 신을 모시는 할머니들의 이런 제의는 한 해의 액땜을 하고, 그해의 복을 비는 의식으로 이상한 위로를 주기도 했다. 미운 사람 한 명을 액땜하는 데 거의 삼십 분의 시간이 걸리는데, 만약 그 리스트가 길다면 몇 시간을 해도 시간이 모자랄 듯하다. 다리 밑 할머니들의 실제 홍콩식 명명법이 있는지 잘 모르겠다. 하지만 나는 내 나름대로 이들을 '때리는 홍콩 할머니'라고 지었다. 다음에 홍콩에 간다면 그곳에 들러 내 나름대로의 액땜을 꼭 할 생각이다.

핑크 돌고래를 보고 싶었다

밴쿠버에서 빅토리아 섬으로 가는 배에서 고래를 본 적이 있다. 그때 하루키 소설에 나오는 '돌핀 호텔' 같은 곳이 실제 그곳에 존재할 것 같은 기시감을 느끼며 그 거대한 생명체를 경이에 차 바라봤던 기억이 있다. 그런데 홍콩에 핑크 돌고래가 산다는 얘길 들었다. 아직 사람들에게 많이 알려진 것 같진 않았는데 란타우 섬에서 페리를 타고 한 시간을 가면 돌고래떼들의 수영을 볼 수 있다고 했다.

가는 방법은 오전 여덟시 오십분 침사추이의 '구룡 호텔'에 모여 투어 코치를 타고 대형 페리로 이동하는 것. 그리고 '타이오'라 부르는 어촌 마을에서 운영하는 작은 바나나 보트를 타고 돌고래를 보러 바다까지 나가는 법 등 크게 두 가지로 나누어볼 수 있다.

핑크 돌고래 투어에는 다양한 국적의 사람들이 있었다. 날씨에 따라 돌고래들의 출몰 상태가 변하기 때문에 운이 나쁘면 그 핑크빛 귀여운 돌고래의 모습을 한 마리도 볼 수 없을 때도 있다고 했다. 나는 운이 좋아서 꽤 많은 숫자의 돌고래들을 보았다. 정말 옅은 핑크빛 등을 한 돌고래들이 숨을 쉬기 위해 고개를 내밀고 바다 위를 나와 유영하고 있었다. 누구도 돌고래가 행운을 상징한다고 말해주지 않았지만, 어쩐지 세상에 존재하지 않을 것 같은 그런 존재를 보고 나면 삶에 좋은 기운이 스며들 것 같은 기분이 든다.

조금 다른 방법은 돌고래를 보기 위해 홍콩의 어촌 마을인 '타이오'까지 버스 홍콩의 낮은 새날이요, 밤은 봄날이다.
홍콩사람들의 낮은 에너지요, 홍콩사람들의 밤은 어항이다.

를 타고 가는 것이다. 큰 해변이란 뜻을 가진 이 작은 어촌은 홍콩 현지인들에겐 마음의 휴식처 같은 곳으로 노인들의 마을이기도 하다. 주말이면 이곳은 도심에서 건너 온 홍콩인과 관광객들로 꽤나 붐빈다고 한다.

곳곳엔 걷기 불편한 노인들을 위한 휠체어 박스가 있고, 노인이라면 누구라도 그 박스 문을 열어 휠체어를 타고 이동할 수 있다. 어촌 마을 주민들의 주거지는 나무로 만든 수상가옥. 하지만 이곳에 대형 화재가 있고 나서 나무 대신 컨테이너 박스 같은 것으로 바뀌었다. 하지만 바다에 떠 있는 집들은 여전히 예스러운 모습을 그대로 간직하고 있는 편이다.

타이오 마을에는 어느 곳에나 생선을 걸어 말리는 집이 있고, 마을을 배회하는 길 고양이가 있다. 길을 걷다보면 노인들이 함께 모여 차를 마시며 마작돌 굴리는 소리가 와그랑와그랑 귀에 감긴다. 시간이 흐르지 않고, 마치 정지해 있는 듯한 풍경들 속엔 바닷바람을 맞으며 순하게 늙은 얼굴의 노인이 자전거를 타고 멀어지는 모습이 그림처럼 펼쳐지는데, 홍콩을 쇼핑천국으로만 기억하는 사람이라면 대단히 비현실적으로 느껴질 법한 모습이기도 했다. 타이오 마을의 이런 풍경 때문에 이곳을 들르는 사람들이 점점 많아지다 보니 작은 어촌 마을엔 '민박집'들이 늘고, 수상가옥을 개조해 만든 카페가 성업중이다.

홍콩은 '모두'를 받아들이고 '모두'를 재생산한다.

홍콩에 다시 간다면

내가 처음 홍콩에 갔던 열아홉 살 때, 나는 아빠와 함께 리펄스베이 끝에 있는 작은 공원에서 많은 신에게 이런 저런 소원들을 빌었다. 그때 내 소원의 대부분은 '작가가 되는 것'에 맞춰져 있었는데 생각해보면 이 신통한 신들은 내 소원의 대부분을 이뤄준 것이나 마찬가지였다. 그때 아빠와 함께 처음 먹었던 속이 훤히 비치는 얇은 새우 딤섬의 맛과 새우 껍질을 깐 후 손을 닦는 용도의 물을 모르고 벌컥 들이켰던 낮 뜨거운 실수가 내겐 홍콩의 기억으로 오랫동안 남아 있었다.

그때, 홍콩의 레이디스 마켓에서 지금은 사라진 파란색 실크 잠옷과 지금은 두르지 않는 핑크색 스카프를 샀었다. 파란색과 핑크색! 열아홉 살짜리 딸을 둔 아빠가 가장 예쁘다고 생각했던 색. 지금 생각해보면 그 촌스런 빛깔들이 떠올라 미소가 지어지지만 십 년이 훌쩍 넘어 다시 리펄스베이를 걸었을 땐 어김없이 아빠가 떠올랐다. 아빠가 사주었을 그때 그 선물들은 분명 이삿짐 어딘가에 묻혀 사라졌거나 서랍장 어디에선가 저절로 사라졌지만……

여행은 공유할 수 있는 추억을 만드는 것이다. 그러므로 여행의 기억은 그것을 함께했던 사람들과의 기억이고, 그곳에 함께 있던 사람들과의 기억이다. 만약 홍콩에 다시 간다면 제일 먼저 뜨거운 란콰이퐁 거리의 작은 가게에서 입천장이 까질 것 같은 뜨거운 밀크티부터 마시겠다. 밤에는 이곳의 밤거리를 실컷 쏘다닌 후 잘게 잘라 튀긴 마늘을 잔뜩 올려놓고 만든 화끈하게 매운 홍콩식 게 요리 '피퐁당'을 먹고, 시원한 맥주 한 잔을 원샷하겠다. 이 모든 것은 남편과 함께 꼭 해야지.

그리고 홍콩에 처음 갔던 아빠와 함께하고 싶은 게 한 가지 더 생겼다. 우리가 함께 소원을 빌던 리펄스베이 근처의 '베란다 카페'(영화 〈색계〉의 촬영 장소이기도 하다)에서 나무로 만든 창문을 열고 바닷바람을 맡으며 애프터눈 티를 마시는 느긋한 낭만을 절대로 포기하지 않겠다는 것. 식민지 시대 그 아름다운 건물에 앉아, 천천히 돌아가는 회전식 선풍기를 보며 그곳에서 내가 만났던 홍콩 이야기를 해줘야지. 아마도 내가 웃으면 열아홉, 보름달같던 딸의 얼굴을 떠올리며 아빠도 좋아할 것이다. 분명 너무 많이 살이 빠졌다고 슬퍼하시겠지만 말이다. 그때 내 몸무게를 떠올리면 결국 홍콩의 맛있는 음식들을 탓할 수밖엔 없겠지만.

인간은 얼마나 무력한가,
미크로네시아서 깨닫다

김훈에게 여행은
세계의 내용과 표정을 관찰하는 노동.

김훈 … 소설가이자 자전거 레이서. 1948년 서울에서 태어났다. 1973년부터 2004년까지 여러 언론사를 전전했다. 그후 전업작가로 활동하고 있다. 대표작으로『칼의 노래』『현의 노래』『남한산성』『흑산』『내 젊은 날의 숲』『공무도하』등이 있다.

나에게 여행은 세계의 내용과 표정을 관찰하는 노동이다. 계절에 실려서 순환하는 풍경들, 노동과 휴식을 반복하면서 사람들이 살아가는 모습들, 지나가는 것들의 지나가는 꼴들, 그 느낌과 냄새와 질감을 내 마음속에 저장하는 것이 내 여행의 목적이다. 나는 여행할 때 늘 성능 좋은 망원경을 두어 개 가지고 간다. 롱샷으로 크고 먼 풍경을 넓게 관찰하는 망원경이 있고 하나의 포인트를 가깝게 당겨서 들여다보는 망원경도 있다. 바다로 막히고 길이 끊어져서 갈 수 없는 저편의 노을과 구름, 숲으로 가는 새들, 갯벌에서 무언가를 줍는 사람들, 썰물에 갇힌 낡은 어선들, 선착장 쓰레기통에 쌓인 소주병들, 노는 아이들과 개들, 물가에 오랫동안 혼자 앉아 있는 늙은 여자를 나는 망원경으로 관찰한다. 망원경 속에서, 생활은 영원하다. 저물어서 경운기를 모는 늙은 농부가 집으로 돌아갈 때 나는 느낌으로 가득 차서 여관으로 돌아간다. 내 느낌은 대부분 언어화되지 않는다.

비글호를 타고 젊은이들의 항해를 하고 싶다

다윈[1809~1882]의 행복은 그가 과학자의 언어를 가지고 있었다는 점이다. 젊은 다윈은 비글호를 타고 영국 포츠머스 항을 떠나서 남미 해안, 마젤란해협, 갈라파고스, 타히티, 뉴질랜드, 호주, 아프리카 남단을 돌면서 자연과 생명을 관찰했다. 그 여행기가 『비글호의 항해』다. 다윈은 여행에 대한 낭만적 환상이 없었다. 그의 여행은 자유나 일탈이 아니었다. 그는 악착스런 관찰과 정밀한 과학의 언어로 멸종과 현존 사이의 수억 년을 건너간다. 다윈의 새들은 멸종을 잇대어가며 수억 년의 시공을 건너가고 있다. 그 시공 속에서 스스로를 변화시키지 않고서 살아남을 수 있는 생명은 없다.

비글호의 항해는 오 년이 걸렸다. 비글호는 전장 27미터, 무게 240톤, 쌍돛대 범선에 대포가 10문 장착되어 있었다. 비글호는 영국 해군의 측량선으로 그 임무는 전 세계를 돌면서 경도를 측정해서 땅과 바다의 올바른 위치를 파악하는 것이었고 다윈은 박물학자로서 그 항해에 동승했다.

비글호의 선장은 로버트 피츠로이[1805~1865]였다. 1831년 겨울에 모항인 포츠머스를 떠나서 장도에 오를 때 다윈은 스물두 살이었고 피츠로이 선장은 스물일곱 살이었다. 피츠로이 선장은 영국 해군사관학교를 갓 졸업한 젊은 장교였다. 피츠로이는 거친 수병들을 지휘해서 범선으로 지구의 모든 바다를 돌면서 임무를 수행했고 오 년 후에 모항으로 돌아왔다. 그들의 젊음은 늘 나를 경악케 한다. 피츠로이 선장은 지구의 모든 바람들의 발생과 전개와 소

모든 것들이 느리게 진행되고 있다. 거기서는 새도 느리게 난다.

멸의 과정, 그 힘의 크기와 질감을 모두 몸으로 확인했던 모양이다. 그는 은퇴 후에 기상학을 연구했고 기압계를 발명해서 폭풍을 예보하는 체계를 수립했다. 피츠로이 선장은 물과 바람의 아들이었고 일기예보의 선구자였다. 나는 늘 내 여행이 포츠머스 항구를 떠나던 날의, 저 젊은이들의 항해와 같기를 바랐으나 나에게는 비글호가 없다.

자연, 무력한 것은 인간이다

나는 지난 2월 중순에 칠 일간 미크로네시아 연방의 섬들을 여행했다. 미크로네시아 연방은 괌과 뉴기니아 사이의 방대한 해역에 흩어진 육백여 개의 섬과 주민들을 아우르는 연방국가다.

1519년에 마젤란은 신혼의 처자식을 딱 잘라버리고 다섯 척의 선단으로 출항했다. 선원은 270명이었는데, 아홉 개 나라에서 끌어모았다. 사내들은 돛폭 끝에 붙은 가죽을 뜯어먹으면서 태평양을 건너갔다.

1521년 3월에 마젤란 함대는 처음으로 이 미크로네시아 해역에 진입했고 그로부터 삼백여 년 뒤에 피츠로이 선장의 비글호는 이 해역의 남쪽을 멀리 돌아나갔다. 나는 비행기를 타고 미크로네시아에 다녀왔다.

돌아와서 책상 앞에 앉았다. 연필을 들면 열대의 숲과 바다가 마음속에 펼쳐진다. 숲을 향하여 할 말이 쌓인 것 같아도 말은 좀처럼 나오지 않는다. 들끓는 말들은 내 마음의 변방으로 몰려가서 저문다.

숲속으로 들어가면 숲을 향하여 말을 걸 필요가 없다는 것을 알게되지만 태어나지 못한 말들은 여전히 내 속에서 우글거린다. 열대의 숲은 '사납고 강력하다'라고 써봐도 숲과는 사소한 관련도 없다. 열대의 숲은 사납거나 강력하지 않고 본래 스스로 그러할 뿐이다.

나는 사전에 실려 있는 그 많은 개념어들의 상당 부분을 이해하지 못한다. 겨우 그 뜻을 짐작하는 단어도 고삐를 틀어쥐고 부리지는 못한다. 그 단어들은 낯설어서 근본을 알 수 없고 웃자라서 속이 비어 있다. 말이 아니라 헛것처럼 느껴진다.

열대밀림 속에서는 무위자연無爲自然이라는 말이 성립되지 않는다. 그 말은 허망해서 그야말로 무위하다. 열대밀림은 동양 수묵화 속의 산수가 아니다. 열대밀림은 인문화할 수 없고 애완할 수 없는 객체로서의 자연이다. 그 숲은 인간 쪽으로 끌어당겨지지 않는다. 자연은 그윽하거나 유현하지 않다. 자연은 작용으로 가득차서 늘 바쁘고 인간에게 적대적이다. '무위'는 자연의 본질을 말하는 것이 아니라, 거기에 손댈 수 없는 인간의 무력함을 말하는 것이라고 열대의 밀림은 가르쳐주었다. 높은 나무들의 꼭대기까지 잎 넓은 넝쿨이 감고 올라갔고 나무와 넝쿨이 뒤엉켜 비바람에 흔들렸고 덩치 큰 새들이 짖어댔다.

그것이 종의 특수성

한국해양연구원 산하의 한·남태평양 해양연구센터^{KSORC, 센터장 박흥식 박사}는 축 Chuuk 주의 바닷가에 있다. 한국의 젊은 과학자들이 거기서 해양생태환경을 연구하고 바다 쪽으로 산업의 영역을 넓힐 궁리를 하고 있다. 나는 그 연구소에서 숙식했다.

축은 225킬로미터의 원형환초로 둘러싸여서, 대양 속의 호수와 같다. 그 안에 팔십여 개의 화산섬이 흩어져 있다. 환초 안은 수심이 40미터 정도지만 환초 밖은 1,000미터가 넘게 깊어진다. 섬 둘레의 물가에 잘피 숲이 우거져 있고, 그 수초의 이파리 사이에서 온갖 기묘한 무늬를 가진 작은 물고기들이 빠르게 움직이고 있었다. 나는 물안경과 호흡기를 쓰고 물속을 들여다보았다. 작은 물고기들의 나라는 꿈속 같았고, 이 세상이 아닌 세상이었다. 물고기가 이동할 때 몸의 색깔은 산호와 수초의 색깔에 맞게 변해갔다. 그것들의 무늬와 생김새는 하늘의 별보다도 더 다양했고, 그것들의 몸놀림은 정靜과 동動 사이에 경계가 없었다. 영롱하고 발랄한 생물들이었다.

"물고기들은 왜 저마다 저러한 무늬를 갖게 되는가"를 젊은 과학자들에게 물어보았다. "그것이 종의 특수성이다"라고 과학자들은 대답해주었다. 그 대답은, 그 질문처럼 답답한 인간의 언어였다. 갈라파고스 군도에서 다윈은 섬마다 서로 다른 생물군이 살고 있고, 거북이 등껍질의 무늬와 두께와 생김새도 섬마다 다르다는 것을 알았다. 그리고 다윈은 갈라파고스의 그 많은

KSORC 센터장 박흥식 박사와
섬 꼭대기의 일본군 등대에서.

세상에서 가장 맑고 깊은 바다를 보았다. 맑고 깊어서 시력이 멀리 닿았고 아무 일 없는 마음
까지 멀리 나아갔다.

종들은 거기서부터 1,000킬로미터쯤 바다로 떨어진 아메리카 대륙의 생물들과 친연성을 갖는다는 것을 알았다. 그것은 인간이 자연을 인식해온 역사에서 놀라운 전환이었다. 그러나 한 섬의 토착종은 왜 그러한 모양인가에 대해서 다윈의 책은 분명한 답을 주지 못한다. 다윈은 다만 그것이 생존의 조건과 관련이 있을 것이라고만 설명하고 있다. 다윈은 아직도 관찰중이고, 진화론은 지금 진화중이다.

파브르[1823~1915]는 『식물기』의 마지막 페이지에서 "나에게 더이상 묻지 말아달라"면서도 이 세상 꽃들의 색깔과 향기의 비밀을 말해주겠다고 약속했다. 파브르는 그 약속을 지키지 못하고 죽었다. 그가 좀더 오래 살았더라도 이 세상 꽃들이 제가끔 저러한 색깔로 태어나는 사태에 대하여 "그것이 종의 특수성"이라는 말 이상의 설명을 할 수가 있었을까. 나는 열대 바닷속의 작은 물고기들을 들여다보면서 죽은 파브르를 걱정했다. 물속으로 들어온 햇빛이 작은 물고기들의 몸통에서 반짝였다.

열대의 바다에서는 아침의 첫 빛이 수평선 전체에서 퍼져오른다. 열대의 바다와 숲은 해가 일사각을 45도쯤에 자리잡는 오전 아홉시께부터 갑자기 빛으로 가득찬다. 숨어 있던 색들이 일제히 제 모습을 드러내고 꽃들은 원색으로 피어난다. 색들은 열려서 익어간다. 열대 해역에는 바람이 없어서 풍경 전체는 문득 거대한 액자처럼 보인다. 깃발도 나뭇잎도 풍향계도 흔들리지 않고 구름이 물 위에 멎는다. 햇빛을 받는 바다는 해안에서 원양까지 연두에서 울트라마린블루의 스펙트럼을 펼치는데, 해가 중천으로 오를수록 울

ⓒ한국해양연구원

트라마린블루는 멀어져가고 햇빛은 수평선 위에서 하얗게 들끓는다.

열대 바다의 저녁은 저무는 해의 잔광이 오랫동안 하늘에 머물러서, 색들은 늦도록 수면 위에서 흔들리고 별들은 더디게 돋는다. 어둠으로 차단된 수억 년의 시공 저편을 별들은 건너온다. 별은 보이지 않고 빛만이 보이는 것인데, 사람의 말로는 별이 보인다고 한다. 크고 뚜렷한 별 몇 개가 당도하면 무수한 잔별들이 쏟아져나와 하늘을 가득 메운다. 별이 없는 어둠 속을 오랫동안 들여다보면 눈이 어둠에 젖고 그 어둠 속에서 별들은 무수히 돋아난다. 별이 가득 찬 하늘에서는 내 어린 날의 개구리 울음소리가 들린다.

열대의 바다에서 색과 공은 동행한다

열대의 바다에서, 색^色은 공^空으로 소멸하지 않는다. 색들은 생멸을 거듭하면서 공을 가득 채운다. 열대의 바다에서 색과 공은 서로 의지해 있다. 색은 공의 내용이고, 공은 색의 자리이다. 색과 공이 서로 끌어안고 시간 속을 흘러가고 있다. 열대의 바다에서 색과 공은 동행^{同行}한다.

열대의 바다 밑은 산호의 밀림이다. 산호의 암컷은 보름달이 뜨는 밤에 일제히 산란한다. 물이 알로 뒤덮이면 수컷들이 정액을 쏟아낸다. 수정란은 보름사리의 물결에 실려서 멀리, 먼 대륙의 연안까지 퍼져나간다. 산호들이 수정하는 보름밤에 태평양은 안개와 같은 정자와 난자로 물이 흐려지고 그 위에 달무리가 뜬다고, 한·남태평양 해양연구센터의 박흥식 박사는 말했다. 내가 머문 동안은 보름은 아니었다. 나는 연구소 숙사에서 잠들었다. 도마뱀이 천장에 붙어서 끽끽 울었다. 도마뱀이 울 때 옆구리가 벌럭거렸다. 도마뱀은 발가락이 네 개짜리도 있었고, 다섯 개짜리도 있었다. 어떤 도마뱀은 발가락 사이에 물갈퀴가 있었고 또 어떤 도마뱀은 물갈퀴가 없었다. 울음소리의 옥타브도 조금씩 달랐다. 새벽의 꿈에 다윈과 파브르, 마젤란과 피츠로이 선장, 그리고 맨발의 원주민들이 물가에 나란히 앉아서 먼 바다를 바라보고 있었다. 그들은 다들 늙어 보였다.

항공사진으로 보면, 미크로네시아 축 주의 환초는 태평양에 뜬 목걸이처럼 보인다. 그 둘레는 224킬로미터이다. 해저의 화산 폭발로 융기된 고지가 물 밑으로 가라앉고 그 가장자리에 엉겨붙은 산호의 군락이 수면 위에서 거대한 테를 이루고 있다. 원양의 파도가 환초에 부딪쳐서 깨진다. 포말의 목걸이는 낮에는 하얗게 햇빛에 빛나고, 저녁에는 붉은색에서 군청색으로, 군청색에서 어둠 속으로 잠긴다. 이 해역은 서쪽으로 불어가는 몬순과 동쪽으로 몰려가는 무역풍 사이에서 무풍지대를 이룬다. 적막은 열기에 가득 차 있고 그 적막 속에서 태풍은 일어선다. 태풍은 부드럽게 아무런 기척도 없이 일어서서 마리아나제도, 일본열도, 한반도 쪽으로 북동진하면서 세력을 키워서 바다를 쓸어간다.

이 해역의 섬들은 모두 화산작용으로 물밑에서 솟아올랐고 산들의 봉우리는 현무암이다. 이 섬들에서 인간의 옛 자취를 증명할 만한 유물은 없지만 노인들은 먼 선조들이 배에 무기를 가득 싣고 보이지 않는 섬으로 가서 여자와 식량을 빼앗아온 일을 자랑으로 구전한다. 세월은 약탈과 살육을 로망으로 바꾸었고 사실과 전설은 이제 구분되지 않는다.

섬의 노인들은 아이들에게 옛날이야기를 들려줄 때, 놈, 놈, 놈이라는 말로 시작한다. 놈, 놈, 놈은 옛날 옛날 아주 먼 옛날에……라는 말인데, 이 도입부는 한반도에서 태어난 나의 어린 날과 같았다.

놈, 놈, 놈을 앞세우는 섬의 창세기에 따르면, 리고부파누라는 여신이 섬과 바다와 인간과 모든 어족과 바다 밑의 유령의 마을들을 창조했다. 여신은 태평양의 파도로부터 섬들을 보호하기 위해 환초를 만들어서 빙 둘러놓았다고 한다. 환초는 섬의 원주민들이 누리는 특별한 은총이었고, 환초로 둘러

교회에 나온 소녀들. 길에서 마주치면 누구나 환한 인사를 건네온다.
축 섬은 모계사회다. 여성의 목소리와 권한이 높다.

싸인 안온한 바다는 그들의 낙원이었다. 여신의 손자 올로파드는 망나니였다. 올로파드는 사람으로 변신해서 밤에 혼자서 잠든 유부녀들의 방으로 들어가 여자를 유혹했고, 여자의 남편이 돌아오면 새로 변신해서 지붕 위로 날아 올라가서 깔깔 웃어댔다. 낙원에서도 남자들은 여자를 약탈당할까봐 조바심쳤고, 신은 늘 인간을 시험하고 조롱했던 모양이다.

이 환초의 낙원은 2차대전의 막바지에 지옥으로 돌변했는데, 낙원과 지옥이 본래 따로 있는 것은 아니다.

대항해시대에 범선을 몰아오는 사나운 서양의 항해가들이 이 바다로 항로를 개척한 이래, 스페인, 독일, 일본이 차례로 이 해역에 패권을 건설했고 종전 후에 섬들은 미국의 신탁통치를 받았다. 1986년에 미크로네시아는 섬들의 연방국가로 독립하면서 안보를 미국에 위임했다.

미크로네시아연방의 헌법 전문은 그 섬들의 고통과 희망을 선명히 드러내면서도 과도한 국가주의를 돌출시키지는 않는다.

> … 많은 섬들을 한 국가로 만들기 위하여 우리는 우리 문화의 다양성을 존중한다. 우리들의 서로 다름은 우리를 풍요롭게 한다. 바다는 우리를 격절시키지 않고 하나로 묶어준다. … 우리는 이 섬들 이외의 또다른 고장을 원하지 않는다. 전쟁을 겪었으므로 우리는 평화를 원한다. 분열을 겪었으므로 우리는 단결을 원했다. 지배를 겪었으므로 우리는 자유를 원한다. 미크로네시아 국가는 인간이 별들 사이를 항해하는 시대에 태어났다. …

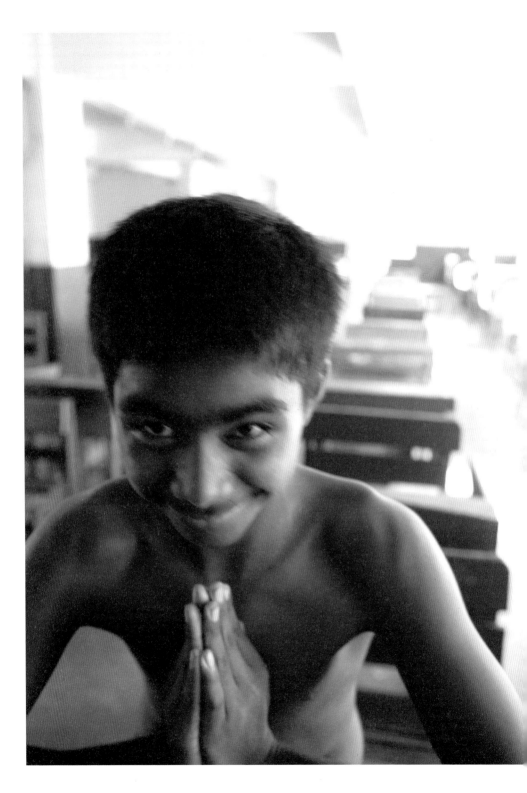

울트라마린블루 해안에 맨드라미가 피어 있었다

일본이 1938년에 선포한 대동아 공영권의 구획 설정에 따르면 미크로네시아
의 축 섬은 미국의 해·공군과 대치하는 태평양의 최남방 전진기지였다. 거
기서부터 사이판-마리아나-유황도-도쿄를 잇는 축선이 일본의 태평양 동
쪽 방어선이었다.

환초로 둘러싸인 축의 바다는 천혜의 해군기지였다. 원양으로 나가는 수로
는 환초의 남쪽과 북쪽에 두 군데만 뚫어져 있었다. 이 수로만을 지키면 적
의 배는 환초 안으로 들어올 수 없었다. 2차대전 말기에 일본은 이 환초 바
다와 섬에 태평양 연합함대 사령부의 모항을 설치하고 군함과 전투기를 끌
어모았다.

진주만의 치욕 이후 미국은 총동원 체제로 전쟁에 뛰어들었다. 미해군 수뇌
부는 축섬을 '일본의 진주만'이라고 불렀다. 1944년 2월 17일, 18일 이틀 동
안 미해군 58기동함대는 축섬의 일본 해군기지를 폭격했다. 작전명은 '우박
작전'이었다. 항공모함 다섯 척과 경항모 네 척에서 발진한 전투기 오백 대가
환초 안의 일본군 비행장을 부수고 전함을 침몰시켰다. 일본 전함들은 환초
로 둘러싸인 바다를 빠져나갈 수 없었다.

환초 안 바다는, 지킬 때는 편안하나 밀릴 때는 퇴로가 없는 사지死地였다. 이
틀 동안의 폭격에서 일본군 경항모, 구축함, 순양함 등 39척이 침몰했고 일
본군 전투기 275대가 파괴되었다. 침몰한 일본전함의 총 톤수는 22만 톤

©한국해양연구원

2차대전 말기에 일본은 이 환초 바다와 섬에 태평양 연합함대 사령부의 모항을 설치하고 군함과 전투기를 끌어모았는데 섬은 물론 바닷속 여기저기에서 그 전쟁의 잔해를 쉽게 찾아볼 수 있다.

©한국해양연구원

에 달했다. 이 전투에서 미군전투기 25대가 일본군의 대공포에 추락했다. 1944년 2월의 참패 후에 일본군은 다시 이 섬에 백여 대의 전투기를 옮겨놓았고 미군은 4월 29일, 30일 이틀간의 폭격으로 일본군의 남은 군사시설과 전투기들을 부수었다. 전투가 끝난 뒤 미군은 이 섬에 상륙하지 않고 사이판으로 향했다.

미크로네시아 정부는 바다 밑에 수장된 일본전함들의 이름, 제원, 침몰 위치를 밝혀냈고, 물밑에 가라앉은 거대한 함대의 잔해는 스쿠버 다이빙의 세계적 관광명소가 되었다. 전쟁 후에 일본은 잠수부를 동원해서 녹슨 전함 속에 흩어져 있던 전사자들의 유해를 일부 수습했으나 아직도 물밑에는 녹슨 고철 틈에 백골이 널려 있다고 다이버들은 전하고 있다. 이 백골들의 혼백이 충용한 황군皇軍의 넋으로 야스쿠니 신사에 깃들어 평안한 것인지는 알수 없다.

섬의 원주민 다아꼬 시삼[77·여]은 그 전쟁의 나날들을 기억하고 있다. 그때 시삼은 아홉 살이었다. 시삼은 어른들과 함께 산속의 바위 틈에 숨었다. 바다에서는 폭탄이 쏟아지고 불기둥이 치솟았다. 죽은 군인들의 시체가 바다를 뒤덮었고 시체가 썩어서 악취가 물속으로 퍼졌다. 물고기들은 어디론가 사라져서 몇 년 동안 돌아오지 않았다. 시삼은 그때 어느 나라와 어느 나라가 무슨 일로 싸우는 줄 몰랐다고 한다. (시삼의 말은 그의 사위인 김도헌씨가 옮겨주었다. 김씨는 한·남태평양 해양연구센터의 현지 직원으로 원주민 여자와 결혼해서 정착했다. 김씨는 1남3녀를 두었다.)

물밑뿐 아니라 섬의 육상에도 전쟁의 잔해는 널려 있다. 섬의 고지에는 환초에 뚫린 수로를 감제瞰制하는 녹슨 대포와 병영의 건물이 남아 있다. 대포는 구경 22센티미터에 포신 20미터의 직사화기인데 지금도 환초 수로 쪽으로 조준이 고정되어 있고 대포 주변의 콘크리트 참호는 원주민들이 화장실로 사용하고 있다. 악취가 진동했고 대포 구멍에서 파리떼가 와글거렸다. 녹슨 탱크가 물가에 거꾸로 처박혀 있고, 일본군 병영 건물과 벙커 안에는 원주민들이 살고 있었다. 그 벙커 안에서 며칠 전에 태어난 아기가 포대기에 싸여서 울었고 노파가 부채질을 해서 아이에게 덤비는 파리를 쫓고 있었다. 원주민들은 죽은 조상들의 유해를 집 마당이나 울타리 밑에 묻었고, 콘크리트 비석에 생몰연대를 파놓았는데, 글자는 마모되어서 보이지 않았다. 무덤 옆에서 맨발의 아이들이 공기놀이를 했고, 나뭇가지로 불을 피워서 죽을 끓였다.

물고기가 잘피 숲에 모여 살 듯이 그들은 숲속이나 병영의 잔해에 깃들어 있었다. 그들은 가난했지만 숲에서는 먹을 것을 쉽게 구할 수는 있었다. 그들의 가난을 무소유라고 말할 수는 없었다. 무소유는 소유가 있고 나서야 말할 수 있는, 스타일리시한 개념이었다.

내버린 자동차들의 고철이 섬의 곳곳에 널려 있다. 안보를 미국에 위임하면서 미크로네시아는 미국의 재정원조를 받기 시작했다. 1986년부터 2001년까지 13억 달러의 자금이 풀렸고 2004년부터 다시 18억 달러가 책정되었다. 섬에 돈이 돌기 시작하자 여러 나라의 자동차 수출업자들이 섬 주민들에게 중고자동차를 팔았다. 포장도로가 없고 부속품이 없고 수리공장이 없고 연료가 부족한 섬에서 고장난 자동차들은 이내 버려졌다. 버려진 자동차들은 섬의 해안선에, 길가에, 집들의 마당에 널려 있다. 고철은 바다 밑에도 있고,

숲에 버려진 무기들은 세계의 악을 기념하는 설치미술처럼 널려 있다.
아이들이 거기에 모여 논다.

마을에도 있고, 마당에도 있다. 고철은 이 수려한 해안선의 대표적 풍경을 이룬다.

축 섬의 한·남태평양 해양연구센터의 바닷가에는 '태평양 전쟁 한국인 희생자 위령비'가 세워져 있다. 비석에는 한국인 삼천여 명이 강제징용으로 끌려와 희생되었다고 적혀 있다. 이 숫자가 정확한 것인지 '희생'의 내용이 무엇인지는 분명치 않다. 일제강점하 강제동원피해진상규명위원회가 2009년에 발간한 실태조사보고서^{발행인 김용봉}에 따르면, 1939년부터 1941년 사이에 남양군도의 여러 섬으로 송출되어온 한인은 만사천여 명에 이른다. 남자 혼자 온 사람도 있었지만 유소년을 포함한 가족을 동반한 노무자들도 많았다. 이들은 모두가 전시동원체제 아래서 조선총독부와 지방행정기관의 적극적인 개입으로 송출된 인력들이었다. 이들은 전쟁 초기에는 사탕수수 농장을 중심으로 하는 농업 노동에 종사했지만, 전쟁의 막바지에는 비행장, 도로, 항만, 참호를 건설하는 토목 노동과 군수품 운반 작업에 배치되었다. 전쟁이 끝난 후에 이들의 운명이 어찌 되었는지는 자세히 알려져 있지 않다. 1997년에는 티니안 섬의 밀림에서 한인 유골 오천여 구가 발견되었다.

섬의 원주민 디아꼬 시삼은 지금도 아리랑 선율을 흥얼거릴 수 있다. 어렸을 때 섬에 징용왔던 한인 노무자들이 저녁마다 모여서 아리랑을 불렀다고 한다. 일본 군대의 노무자로 끌려온 사람도 있고, 처자식을 데리고 장사를 하러 온 사람도 있었다. 시삼의 기억 속에서 한인들은 농사짓기를 좋아해서 텃밭을 일구어 한국에서 가져온 호박, 감자, 가지의 씨앗을 뿌렸고, 봉숭아와 맨드라미를 심었다. 일본 군인들이 한인 노무자나 원주민들을 때리고 죽이는

한·남태평양 해양연구센터의 김도헌 과
장(왼쪽)은 축 섬의 원주민과 결혼해 가정
을 이루었다. 그의 장모인 시삼 여사(가운
데)는 징용에 끌려온 한국인들은 농사짓
기를 좋아해서 텃밭을 일구어 한국에서
가져온 호박, 감자, 가지의 씨앗을 뿌렸고,
봉숭아와 맨드라미를 심었다고 회상했다.

모습을 시삼은 수없이 보았다. 시삼은 죽은 한국인의 시신을 묻었던 그 자리를 기억하고 있었으나 지금은 원주민의 사유지가 되었고 밀림에 덮혀서 접근할 수 없었다. 한국에서 가져온 맨드라미가 열대의 기후와 토양에 씨를 퍼뜨려서 토착할 수 있었을까. 한인 주거지로 지목되는 숲 언저리에는 맨드라미가 자지러지게 피어서 군락을 이루고 있었다. 이 맨드라미가 그 맨드라미인가.

축 섬의 국제공항에 가까운 바닷가에는 일본인들이 세운 전몰자 위령비가 태평양을 바라보고 있다. 전몰戰歿이라는 단어는 포괄적이고도 모호해서, 가해와 피해를 구분할 수 없었다. 그 비석에는 전몰자들의 유덕遺德을 후세에 영원히 전하노라는 문구가 적혀 있다. 유덕의 연역은 '기여contribution'였다.

같은 시기에 일본 대륙 도치기 현의 아시오足尾 구리 광산에서도 이천 명 이상의 한인이 강제징용되어 있었다. 이 자리에 일본인들이 세운 조형물의 이름은 '순난비殉難碑'이다. 난세를 위해 목숨을 바쳤다는 뜻이다. 조형물들은 희생자들의 죽음을 헌신으로 미화했고, 가해자들은 그 뻔뻔스런 단어 뒤에 숨어 있었다. 고철과 주검과 위령비들이 널려 있는 해안에 맨드라미가 피어 있었다. 인간과 세계의 야만성은 전개되어서 마침이 없으리라는 것을 울트라마린블루의 해안선은 가르쳐주고 있었다.

한없이 투명에 가까운 블루에
풍덩 빠져들다

박칼린에게 여행은
물이고, 시원한 생수고, 수도꼭지.

박칼린 … 1967년 출생. 뮤지컬 음악감독. 대한민국 음악감독 1호로서 〈명성황후〉 〈오페라의 유령〉 〈아이다〉 〈렌트〉 〈시카고〉 등 굵직한 뮤지컬을 맡았다. 최근엔 다수의 뮤지컬에서 연출과 연기를 겸하는 등 다양한 활동을 보이고 있다. 자신의 이야기를 담은 에세이 『그냥』을 펴내기도 했으며, 현재 한국예술원 교수, 킥 뮤지컬 예술감독으로 재직중이다.

7

언제나 어디를 여행하게 되면 늘 같은 현상이 일어난다. 그 지형에 따라, 그게 사막이든, 바다든, 산 또는 계곡이든 간에, 몸은 당연하고 마음속 감정이나 특히 머릿속의 생각들이 언제나 엄청 크게 달라진다. 바로 그런 '느낌' 때문에 아마도 어디를 끊임없이 돌아다니려고 하는 것 같다. 잘 아는 곳과 비슷한 문화권이어도 여행을 할 때 어느 정도 준비와 사전조사를 하게 되는데 아주 멀고 문화권이 완전 다른 곳이라면 특히 준비를 철저히 하게 되는게 일상이다.

난 사실 몇 달을 준비하는 여정도 있다. 스페인, 세이셸, 뉴질랜드, 남미 등 어떤 나라는 틈틈이 몇 달씩을 조사·준비·정리해서 간다. 하지만 누구나 그러지 않나? 아무리 지극히 심심한 이론 정리에 불과해도 언제나 여행을 한다고 생각했을 땐 그 나라에 대한 자료를 들여다보고 수많은 관광공사 사이트를 보고 사람들 의견을 물어보고 특히 사진을 많이 보지 않는가? 그 과정 속에서 호텔과 숙박시설, 비행기표, 기차표, 시간표, 언어도 모르는 나라에서 어떻게 돌아다닐 것인지 또 뭘 보게 될 건지에 대한 아주 현실적인 계획들을 해결한다. 하지만 그런 따분하고도 지루한 과정 속에서 그 나라에 대해 조금이라도 더 알게 됐을 때, 여행지의 멋진 사진을 봤을 때, 우리는 새로운 공간으로 이동하는 것에 대한 수많은 상상과 기대를 하게 된다.

산을 좋아하는 사람은 장황한 산맥을 어느 사이트에서 보게 되거나 아님 해변을 좋아하는 사람은 옥색 푸른 바다의 사진이나 엽서를 보게 되면 마치 그가 벌써 그곳에 도착해 있고 그 속에 자신의 온갖 멋진 모습들을 상상하게 된다. 그렇게 우린 처음에 느꼈던 그 기대와 흥분을 가지고 여행을 떠난다.

하지만 언제나 그 땅에 도착하게 되면 그 상상 속의 것들이 아예 완전 무산되거나 드물게 상상했던 대로거나 아님 더욱더 드물게 그 이상일 수도 있다. 여행은 도박과 같다. 아무리 준비를 철저히 해도 뭘 보고 느끼게 될지 알 수 없다. 대도시들조차 사회구조 때문에 비슷하지만 뉴욕, 파리, 서울, LA, 메트로폴리탄 도시들도 건축, 내음, 음식, 다 다르다. 자연은 더더욱 다를 수밖에……. 대자연은 자연인만큼 이국땅에서 한국 사찰 언저리에서나 볼 만한 소나무와 비슷한 나무를 보아도 그 나라의 체감, 바람과 온도 때문에 그 송림은 분명히 다르게 느껴진다.

나는 향기에 특히 민감한데 한순간 어떤 옅은 바람이 한번 불면 그 작은 바람 속에 실리는 내음들과 피부에 닿는 옅은 자극 때문에 한 달 동안 지극정성으로 짠 여행 계획은 산산조각이 날 정도로 의미가 없어진 게 한두 번이 아니다. 코와 피부를 스쳐가는 한순간의 느낌들이 그 어떤 여행 준비과정과 어떤 이론과 역사와 관광회사의 정보보다도 감정을 사로잡을 수 있는 힘이 있는 것 같다······. 마법!

누구나 한 번쯤은 느껴봤을 것이다. 일 년 내내 열심히 일하다가 잠깐 어느 계곡에서 하루를 보내더라도 바람이라도 불어오면 상상의 공간으로 순간 이동하게 되는 걸. 해변에 갔을 때 발가락을 모래 속에 집어넣고 바다를 바라보고 그 소금 내음을 맡게 되는 순간, 그 한순간에 일어나는 모든 생각과 느낌의 인스턴트적인 변화, 그 어느 다른 공간의 도착해서 낯설게 느끼는 바로 그 마법!

뉴칼레도니아의 무인도 노캉위. 섬에 있는 내내
바다 위에 떠 있는 기분이었다. 아마도 그런 곳
은 세상에 또 없을 것이다. 그만큼 그곳은 세상
의 끝과 처음을 닮아 있었다.

바다로 가라고 바람이 말했다

그래서 이번에도 난 바다를 찾았다. 그 열린 공간, 육체와 같은 온도의 바닷물, 은은한 바람에 실려오는 바다 내음, 햇살 다. 너무나 개인적으로 좋아하는 것들, 나를 마법의 세계로 인도해주는 것들이다. 물론 산도 좋아한다. 사막은 더 좋아한다. 그 공통점은 바람에 실려오는 내음과 피부에 닿는 특유의 질감 때문인 것 같다. 잔잔한 팔의 털을 살포시 간질여주는 그 느낌? 오예! 아무튼 바람이 좋아 난 오세아니아 해에 한복판 바게트 빵처럼 길게 누워 있는 섬나라 뉴칼레도니아^{New Caledonia}로 떠났다.

역시 사전조사에서 옥색 바다, 신혼여행으론 최고의 관광지, 파우더 같은 모래, 멋지게 태닝된 몸매들, 무인도의 야자수 한 그루, 도시인이면 누구나 꿈꾸는 그런 소개서들만 잔뜩 보았다. 과연 그럴까? 라는 의문은 언제나 있다. 얼마나 '뽀샵'을 잘했으면 컴퓨터 모니터에서 봐도 이렇게 천국처럼 보이게 만들어놓았을까라는 의심은 언제나 따를 뿐이다. 하지만 어느 해에 세이셸 제도를 갔을 때도 그런 '뽀샵'의 자연경관과 에메랄드 색상의 바다가 눈앞에 실제로 펼쳐지는 걸 보았다. 그리고 느끼고 싶었던 아늑한 바람도 맛보았고, 이 주 동안 아무 생각 없이 텅텅 빈 머리로 해변에 누워 있기도 했다. 그러곤 그 작은 섬의 수도로 들어갈 때 그곳에 실제로 살고 있는 원주민들의 삶, 사회구조, 현상들을 볼 때는 섬들을 둘러싸고 있는 그 테두리만 우리의 '여행의 매직'에 해당하는 요소들이 있었지 그 중심지인 사람이 사는 곳엔 빈

바다의 조각품들이 바다 위에 떠 있다. 어느 녀석은 밤톨 같았고 어느 녀석은 동물원 같았고
어느 녀석은 여신 같았다.

부차가 심하게 존재했고 어느 여행사이트에도 나와 있지 않았던 현실세계가 존재했다. 하지만 난 다 좋다. 즐긴다. 물론 여행의 목적에 따라 환상만 느끼고 싶은 여행이 있고 현실을 느끼고 싶은 여행도 있다. 어쨌든 선과 악, 양과 음, 흑과 백, 다 눈앞에 펼쳐져 있었다.

뉴칼레도니아는 그 어떤 섬나라보다도 속속 참 정리정돈이 잘 되어 있어서 어딜 가나 '깨끗한' '질서' '가지런한' 뭐 그런 단어들을 시종일관 떠올리게 했다. 그때 어딘가로부터 바람이 불어왔다. 차창으로 흘러들어온 그 바닷바람에 난 그 어떤 딴생각을 할 겨를도 없이 순간이동을 해 뉴칼레도니아로 빨려들어가고 있었다. 사방엔 형형색색 종류별로 존재하는 바닷물! 섬 길을 이리저리 둘러보아도 바닷물과 경계선을 이루는 하얀 모래알들의 해변, 희귀하고 멋지게 엉켜 있는 나무들이 있는 공원, 뉴칼레도니아 어디를 가도 순간이동의 마법을 온종일 느꼈다.

배 위에서의 기가 막힌 하루

그러길 며칠. 어느 하루 난 멋진 남자를 한 명 만났다. 그날은 무인도인 노캉 위^{Nokanhui}에 가기로 되어 있었다. 약속 시간에 늦어지는 뱃사공을 기다리며 앞에 놓여져 있는 에메랄드빛 바다를 보며 몇몇 다른 희망사항들이 내 머릿속에 계속해서 떠올랐다. 도대체 여기 사는 사람들은 얼마나 행복할까? 이 대자연 속에 매일매일 놓여져 있다는 것. 그걸 감사해할까? 대도시에 살고 있는 사람들은 여기 오지 못해 안달이 났는데 막상 여기 사는 사람들 머릿속 생각은 뭘까? 우린 가지지 못한 것에 대한 욕망을 버릴 수 없는 비참한 동물 일까? 내 집 뒷마당에 이런 해변이 있다면 매일매일 수영을 하겠지? 내가 그렇게 좋아하는 바다가 몇 걸음 밖에 있다면 목욕 대신에 수영으로 나의 하루를 시작하고 마무리하겠지? 은퇴하면 이런 곳에서 살까? 내 모든 것을 가지고 이런 곳으로 이민을 와버릴 수 있을까? 과연 내가 생각하는 나의 은퇴는 몇 살일까? 이 아침만이 아니라 뉴칼레도니아의 하루하루가 이런 극적인 생각을 들게 할 정도로 아름다운 곳이었다. 다시 말하지만 거짓말 없이 어떻게 그렇게 책자 속의 그림들과 똑같은 것들이 앞에 놓여져 있을까? 부럽기도 하고 내 것이 아니기에 화가 나기도 하는 순간 저벅저벅 소리와 함께 나의 멋진 남자가 나타났다. 그날 배를 몰아줄 선장.

난 그가 모는 4~6인용 모터보트 위로 올라타고 그날 하루 무인도 노캉위가 빗처럼 생겨서 브러시 아일랜드^{Brush Island}라 불리는 섬 구경길에 올랐다. 한마

디 말도 없는 선장의 등짝만 지켜보며 우린 바다를 가르기 시작했다. 삼십 분 동안 달리는데 바닷물 색이 몇 번이나 바뀌었는지 무슨 색인지 설명하기 위해 온갖 단어들을 머릿속에 떠올리지 않았나…… 푸른, 파란, 옥색, 에메랄드, 연두색, 푸르스름한…… 내 언어 능력으론 부족하고 답답할 정도로 수많은 종류의 바다색이 몇 분 단위로 바뀌어가는 것을 보았다. 그러곤 손에 닿을 듯한 산호초 위로 손가락을 따뜻한 물에 끌면서 몇십 분을 왔고, 순식간에 산호초는 깊은 절벽을 타고 사라지고 우린 한없이 깊어진 바닷물 위를 달리기 시작했다. 순간 차가워지는 물을 느끼며 나는 손을 얼른 빼고 잠시 공포를 느꼈다. 한없이 평화롭고 따스하던 바다에서 평화는 온데간데없고 파도가 강해지고 심지어는 바람도 차가워지고…… 이렇게 우린 또 몇 분을 달렸다. 신기하다. 그렇게 몇십 분간 황홀감에 빠져 얕은 바다를 달리다 한순간에 깊은 바다로 가자마자 또다른 상상 속으로 빠져드는 내 자신이…… 내 머릿속엔 예쁘고 귀엽던 열대어가 거대한 상어로 바뀌고 갑자기 해적이 나타날 것 같고 바로 몇 미터 뒤는 아직 에메랄드빛의 산호초가 있는데…… 그렇게 순식간의 자연의 경관이 바뀌며 나의 상상도 따라가게 만들어버리는 자연의 힘에 다시 한번 감탄을 한다.

그런데 도대체 오늘 우린 어디 가는 거지? 무인도가 깊은 바다 한가운데에 있는 건지…… 그 순간 멀리 뭔가 보였다. 그 거세고 푸른 파도 틈에 하얀 모래사장과 그 주변을 가볍게 둘러싸고 있는 작은 양의 산호초, 마치 계란의 노른자를 둘러싼 흰자처럼 보였다고 해야 하나? 물론 둥글지 않고 길쭉하게 말이다. 그런 것이 바다 한가운데 둥- 하니 떠 있었다. 우리 선장은 여전히 말없이 손으로 '저기'라고 그곳을 가리켰고 난 그의 손끝을 따라 바라보며 그 이쁜 모습과 신비함에 한시라도 빨리 이 배에서 뛰어내려 해변이라기보단 샌드듄_{sand dune}과 같은 모래사장을 밟고 싶었고 둘러싸고 있는 바다에 뛰어들고 싶었다. 선장은 우리의 발이 노캉위에 떨어지자마자 한 시간 뒤에 보자 하고 그 멋진 등을 돌리고 사라졌다. 흠…… 무인도에 떨구고 배는 사라진다……? 어쨌든 바다 한가운데 샌드듄! 무인도! 여긴 노캉위!

이 아주 작은 섬 역시 헝클어진 길쭉한 바게트 모양을 하고 있었고 한쪽 끝에서 반대편 끝까지 걸어서 십 분 정도도 되지 않는 아주 작은 모래섬이었다. 한쪽 끝엔 척박하지만 섬에서 자라고 있던 나무와 가느다란 풀 가지들이 있었고 다른 쪽엔 하얀 모래가 쌓여 있었다. 그냥 몇 발짝만 가면 사방으로 바다. 그 바다 한가운데 작은 모래섬. 그것도 산호가 있는 게 아니라 얕은 지형이 몇 미터 정도 이어지다 한순간에 절벽처럼 깎여내려지듯 깊어지는 바다로 변하는, 그냥 세고 싶으면 마치 셀 수 있을 양의 모래알들이 모인 작은 섬. 하하! 배에서 뛰어내려 바로 이리저리 뛰었던 것 같다. 섬 끝과 끝을 걸었고 한 자리에 서서 360각도로 돌아 여기도 바다, 저기도 바다 하며 아무도 없는 섬을 처음으로 경험했다. 그리고 물에 뛰어들었다. 하지만 그렇게 수영을 좋아하던 내가 몇 미터 안 나가서도 물색의 변화로 지형이 바로 엄청 깊어지는 걸볼 수 있기 때문이었는지, 아님 나의 그 무한한 상상력 때문이었는지, 그 깊이 때문에 배 속이 꿀렁거릴 정도의 느낌을 가지며 차마 그 경계선을 넘지 못했다. 분명히 그 몇 미터 앞엔 귀여웠던 관상어도 상어로 변했을 것이다.

아무튼 참으로 신기한 경험이었다. 한 시간 남짓 섬에서 그 신기한 지형 위에서 모래와 놀고 내 딴엔 안전한 수위로 보이는 곳까지만 물속을 구경하고 수영을 하고 뜨거운 햇살 아래 몸을 그을렸다. 햇살을 가려줄 만한 그 어떤 야자수도 존재하지 않았다. 누워서 또 상상을 한다. 이런 곳이 존재하는구나. 이런 곳은 많겠지, 여기 뉴칼레도니아에? 뉴칼레도니아에 사는 사람이면 이런 신비한 섬은 너무나 당연한 곳이겠지? 나중에 이런 곳에서 살면 얼마나 좋을까…….

그러던 도중 우리 선장은 또 말없이 나타났다. 점심시간이 된 것이다. 그림 속의 무인도를 뒤로 한 채 또다른 무인도에 갔다. 일이십 분 정도를 달려 이번엔 낮은 숲이 우거진 또다른 길쭉한 섬. 허허…… 노캉위와는 완전히 달리 모래사장은 없는 것 같고…… 배를 어디에 어떻게 정박시키지? 점점 섬과 가까워지니 아주 얇은 모래사장이 섬을 둘러싸고 있었고 나지막한 나무들로 쌓인 섬 한곳에 걸어 들어갈 수 있는 사람이 만든 길 하나가 있었다. 뭐가 있을까? 배에서 내려 몇 발자국 들어가니 이미 사람이 쉴 수 있는 공터가 섬 가운데 마련되어 있었다. 야외소풍 공간처럼 나무와 그늘이 시원하게 펼쳐진 그곳엔 나의 일행과 선장, 그리고 아, 선장의 아내도 우리와 함께 있었구나……. 와이프는 우리가 먹을 파파야 샐러드와 빵 그리고 허벅지만한 랍스터와 더불어 숯불에 구운 온갖 갑각류 해산물을 그냥 커다란 한 접시에 턱하니 내려놓았다. 직접 잡은 건지 사온 건지는 중요치 않았다. 하루종일 바다를 보며 햇살을 맞으며 돌아다니다 이 섬에서 이렇게 구운 갑각류를 게걸스럽게 뜯고 있는 내 자신이 부러웠고 배부르게 먹은 뒤 낮잠이나 시원하게 자면 얼마나 좋을까란 생각을 하며 실제로 그렇게 했다.

적당히 햇살을 가린 나무 그늘 아래 평화로운 휴식을 취하고 있을 때 선장이 끊임없이 무언가에 집중하여 일을 하고 있는 걸 발견했다. 그리고 조근조근 말하는 선장의 아내가 간혹 들려주는 짧은 이야기들을 통해 우린 선장 부부의 삶에 대해 조금씩 알아갈 수 있었다. 그때 들려오는 쿵쿵 소리. 선장은 일정한 속도로 무언가를 양동이에 담아 절구처럼 빻았고, 소풍터 주변 나뭇가지를 주워 정리하고, 돌을 골라 길을 정리하고, 쓰레기를 흔적 없이 치우

언제나 여행을 하면서 느끼는 것이지만 몸의 상태나 정신의 상태, 심지어 미래에 대한 생각들까지 엄청나게 달라진다. 우리의 몸이 그곳의 기운들을 잘 받아들이기 때문일지도 모른다.

고 담고 나르고…… 그는 말없이 몸을 계속해서 움직였다. 그는 늘 그렇게 몸을 써왔다고 얘기한다. 우리들은 선장의 근육들의 근원을 마치 이해하는 것처럼 고개를 끄덕였다. '그래…… 나이를 가늠할 수 없을 정도로 탄탄한 상체야', '군살 한 점 없는 것 같아', '육십 남짓한 나이에 너무 건강한 모습이야' 등 터를 흔적 없이 치우고 있는 선장을 보며 수군댔던 것 같다. 사실 자연을 정리한다는 게 어떤 의미인지 모르겠지만 그들의 말을 빌리자면 어느 누가 다음에 소풍을 와도 즐길 수 있도록 해놓는 것이라고 했다. 하지만 그렇게 음식을 먹으며 만들며 나오는 찌꺼기와 상다리 밑으로 흘리는 음식에 비해 이미 너무나 깨끗한 상태인 게 믿기질 않았는데, 그 섬엔 매일 세시 정도가 넘어가면 수백 마리의 바닷게들로 섬이 뒤덮인다고 했다. 그 게들이 모든 흘린 음식 찌꺼기를 먹어 치워서 섬을 처음의 상태로 돌려놓는다고 선장의 아내가 말해주었다. 그 광경도 지켜보고 싶었지만 우린 다음 일정인 스노클링을 하기 위해 브러시 아일랜드를 떠났다.

노캉위와 브러시 섬을 다시는 못 볼 거란 생각에 고개를 오랫동안 뒤돌린 채 다시 십 분 정도 바다를 가로질러 스노클링 포인트에 도착했다. 그제서야 선장아저씨는 의문의 양동이를 꺼냈다. 그 안엔 우리가 먹고 남긴 갑각류의 껍질과 음식들이 담겨 있었는데 좀 전 섬에서 들리던 절구 소리는 그 껍질들을 잘게 부수던 소리였던 것이었다. 스노클링 할 때 쓸 미끼를 준비한 거였다. 정말 철저한 준비가 아닌가? 우리가 장비를 착용하고 바다에 들어가자 선장아저씨는 그 가루를 바다에 씨 뿌리듯 흩뿌렸고 잠시 후 수십 마리의 물고기들이 몰려들기 시작했다. 스노클링……! 이 또한 인간을 아주 순식간에 다

프랑스령인 뉴칼레도니아 곳곳에서는 진한 원주민의 색채를 느낄 수 있다.
문화적인 '새것'과 토속적인 '오래된 것'들을 시처럼 버무려놓았다.

른 세상으로 데려다주는 특이한 행위이다. 몸을 조금도 움직이지 않고서도 고개만 까딱 들어 위를 보면 현실로 돌아가고 고개를 까딱 숙여 아래를 보면 물속의 신비한 또다른 세계로 순식간에 보내주는 장치이다. 고개를 위로 아래로 까딱까딱하면서 그 순간 나는 또다시 유치한 상상을 한다. 내가 인어였으면, 내가 상어였으면…… 나에게 또 수많은 가질 수도 이룰 수도 없는 희망 사항들이 머릿속을 오간다. 수영과 바다를 너무 좋아하는 내겐 내가 물고기가 되어 바닷물과 하나가 되어 바닷속을 마구 헤엄치는 그 순간을 상상만 해도 좋아서 그렇지 않은가 싶다. 실은 어릴 적 영화 〈그랑블루〉를 보며 울었던 기억이 난다. 주인공이 돌고래 따라 현실 세상을 떠나는 장면. 난 언제나 그러고 싶었다. 바다만 들어가면 고래처럼 항해를 하고 싶은 욕구가 솟구치는데 난 이러한 내 상상이 부끄럽지 않다. 유치해도 부끄럽지 않다. 언젠가 하나우마 해안Hanauma Bay에서 바닷속 거북을 처음 보았을 때 그 거북을 따라 용궁으로 갈 것이라며 헤엄을 치다 죽을 뻔한 적도 있었다. 이렇게 쉽게 나의 상상에 휩싸여 한번씩 현실을 벗어나는 난 어찌 보면 참 쉬운 여자인가보다. 하늘 또한 그런 욕망을 일으키지 않는가? 중력 때문에 지면을 벗어나지 못하는 인간은 상상력으로 하늘을 날고 싶은 욕망이 생길 수밖에 없는 동물이다. 한번은 고속도로를 달리던 중 그 커브길이 한없이 높고 길게 뻗어가는 것을 보고 이 길을 이 속도로만 달려가면 차를 이륙시켜 하늘을 날 수 있을 듯한 착각에 빠져 또 한번 죽을 뻔한 적도 있다. 우린 '되고 싶은 것'들을 많이 상상하게 된다. 나뿐 아니라 다른 수많은 사람들 역시 특히 여행을 하며 상상을 하고 자신의 세계를 더 나은 그림에 접목시킬 것이다. 나의 그날 일과는

그곳에서 천국의 그윽한 바람을 맞았다면 당신은 믿을까.

내 상상으론 이러했다. 무인도 모래섬 노캉위에서 난 멋진 몸매를 가진 모델로 휴양지 광고를 찍었고, 해적과 함께 표류되어 브러시 섬에서 해산물을 잡아 멋진 갑각류 뷔페를 먹은 여선장이었으며, 그리고 형형색색 물고기들과 옥색 바다를 자유롭게 헤엄치는 인어였다.

휘황찬란한 상상 속에 하루를 보낸 난 다시 현실 속 제자리로 돌아오고 일데팽Ile des Pins 해변으로 돌아갈 배에 올라탔다. 숙소를 향해 뱃머리를 돌린 선장은 역시 돌아가는 길에 말이 없었다. 그런데 흥미로운 건 배가 출발할 때나 돌아올 때 그는 꼭 우리에게 바다거북이를 보여주고 싶어했다. 거북이가 나타나는 특정한 시간이 있는 것 같았다. 다시 수위가 얕은 산호초 위로 배가 달릴 때 나도 아저씨를 도와 거북이를 찾아보려고 맑은 수면을 뚫어지게 봤지만 밑에 듬성듬성 놓여 있는 바위들이 하나같이 거북이처럼 보였다. 보고 싶었던 욕망이 현실을 앞지르듯이 말이다. 하지만 평생을 바다에서 산 아저씨의 눈은 달랐다. 어딘가 우리가 모르는 다른 힌트를 찾듯 먼 곳을 바라보았다. 나 역시 바다 근처에서 자랐지만 분명 그만큼 바닷사람은 절대 아니다. 그는 진정한 바닷사람으로 보였다. 아무리 보아도 보이지 않는 해수면을 바라보며 대번에 가오리를 찾아내는 그였다. 어떻게 저게 보이지…… 그래서 나는 그의 시선을 따라 보려 했지만 아무것도 보지 못했다. 그가 바다를 읽는 방법을 나도 배우고 싶었다. 하지만 난 그저 밑을 바라보며 바위를 바다거북이라 착각하며 돌아왔다.

그날 오가는 배 위에서 우리는 선장과 그 가족과 삶에 대한 얘기를 조금 들었다. 와이프는 타히티에서 태어나 이곳 원주민인 아저씨와 결혼해 그의 일

을 도왔고, 아저씨는 배 대여업을 하며 생계를 꾸리며, 그들에겐 여섯 명의 자녀가 있었다. 내 기억에 남아 있는 그들의 소박한 인생은 내가 바라본 육십대 아저씨의 검게 그을린 탄탄한 근육이 가득한 등에 다 담겨 있다. 티셔츠 한 장 입지 않는 탄탄한 등은 말없이 묵묵히 자신의 일을 하는 평화롭고 행복한 청년의 모습에 가까웠다. 여담이지만 내 상상으로 한순간의 짧은 시간이었지만 잠시나마 그 뱃사공과 사랑에 빠졌다. 그 하루 동안 몇 마디 하지 않는데도 불구하고 어찌나 그 사람의 삶이 마치 한꺼번에 다 읽힐 것처럼 평온하고 소박하게, 묵묵히 자기 일을 하고 있는지…… 난 원래 그런 사람을 좋아한다. 그 찬란한 햇살이 내리쬐던 등이 그 열쇠다. 아주 잠깐, 그들이 우리에게 하루 동안 보여준 삶은 멋졌다.

난 그렇게 며칠을 뉴칼레도니아에서 보냈다. 내가 살고 있는 곳과는 다른 멋진 바다를 보고 햇살을 느끼며 사는 사람들을 만나면서 말이다. 원주민들의 독립을 위해 싸운 한 명의 혁명가의 삶을 담은 치바우 문화센터Tjibaou Cultural Center, 세그웨이Segway를 타고 뉴칼레도니아의 동물과 식물을 돌아본 동식물원, 바닷가를 거꾸로 거슬러 일 킬로미터 정도를 걷다가 도착한 일데팽 섬의 오로 자연 풀장Oro Natural Pool, 정말 맛있는 바나나 빵과 파파야 열매를 구한 일데팽의 시골 장터, 부유한 사람들만의 소유물인 요트를 타고 아무 말없이 바닷바람만을 느껴본 두 시간, 바로 옆에 물고기가 헤엄치는 것을 볼 수 있는 테라스가 있는 선착장 레스토랑, 원숭이처럼 오르내리며 구름다리를 건너고 줄을 타고 내려왔던 숲속의 익스트림 어드벤처Extreme Adventure. 아주 짧은 닷새 동안 매우 알차게 많은 것을 했다. 하나하나 더 설명할 수도 있지만 그러고 싶진 않다.

그냥 아름다운 자연에 여러 차례 마음이 흔들렸고 그 몇몇 추억들 때문에 수만 가지 희망사항들이 머릿속에 떠올랐다. 매 순간 그 레스토랑처럼 내 주방에 이런 자연 수족관이 있으면 얼마나 좋을까? 우리 동네 마트에 이렇게 맛있는 파파야 열매를 팔면 얼마나 좋을까? 문 열면 바로 앞에 해변이 펼쳐지면 얼마나 좋을까? 특히 멋진 여행중 하루종일 이런 상상에 빠져 있을 수도 있다. 실은 누구는 그 상상을 이루려 하기도 한다. 많은 이들이 그런 은퇴 계획을 짜지 않는가? 누군가는 은퇴 후 플로리다로 가고 어떤 이들은 태국으로 가고. 그렇게 나이 들어 자유와 평온을 찾는 희망의 대상은 지구상에 참 많다.

조금 멀리 두고 그리워하는 편이 좋다

뉴칼레도니아는 태국과 발리 등 다른 휴양 여행지처럼 가까운 곳은 아니다. 비행기로 열한 시간 정도 거리다. 하지만 난 바로 그게 좋다. 아무리 내게 그곳이 환상적이고 그 평화를 원하고 바로 내 앞의 문을 열었을 때 해변이 있으면 좋겠다 해도 그게 멀리 있기 때문에, 내가 매일 접할 수 없는 것이기에 나는 그걸 그렇게 아낄 수가 있다.

난 노력을 해서 내가 만만하게 생각하는 내 도시가 아닌, 긴장하고 새로운 것을 보고 새로운 것을 배울 수 있는 먼 곳에 도착할 수 있었으면 좋겠고 그렇기에 더 소중하게 그 시간을 보내고 싶다.

난 '그것'을 소유하고 싶진 않다. 그것과 가까이 있지도 않았으면 좋겠다. 여행이란, 만약 배움과 탈피와 자유와 쉼이 있는 거라면 난 나의 현재와 절대로 똑같은 상황을 보고 느끼고 싶진 않다. 그래서 멀리 가고 다른 지형을 찾고 다른 경험을 찾는 것이다. 이렇게 보자면 나는 뉴칼레도니아에서 참으로 완벽한 여행을 한 것 같다. 특히 자꾸 떠오르는 게 그 아저씨의 등인데 나는 그 근육진 등을 오래 기억할 수 있을 것 같다. 그리고 또 그 사람들의 그곳에서 삶과 지금 이곳에서의 나의 삶과 나, 그렇게 다르고 아주 멀리 있기에 나는 그것을 오래 그리워할 수 있을 것 같다.

앞서 얘기한 것처럼 '그곳'에 있을 때 내 머리는 그렇게 쉽게 흔들리고 상상 속으로 쉽게 빠지는 사람처럼 행동해도 결국은 난 언제나 내 중심으로 돌아오게 된다. 바로 그런 것이 내가 내 현실에 만족하고 있다는 증거의 일부인가? 내가 잘났다고 하고 싶진 않다. 하지만 이런 말들이 내가 현실에 만족하고 있다는 증거라면 그런 것 때문에 다른 사람들의 행복한 모습들을 있는 그대로 받아들일 수 있는가보다.

난 어느 날 멋진 뉴칼레도니아 남자를 만났고 그의 멋진 등을 보며 상상의 세계를 다녀왔다. 그리고 돌아왔다.

참으로 다행이다. 내가 그 아름다운 곳으로부터 멀리 있다는 게.

驛弁
규슈
에키벤

치라시 벤

마쓰자카
쇠고기
에키 벤

쇠고기
등심스테이크

도자기그릇에
잘볶는 카레

고베 스테이크

하카타

사가현
佐賀

신칸선

오이타

구마모토
熊本

노베오카

신야쓰시로

히토요시

아리타
마을
有田

가고시마
鹿兒島

요시마쓰

미야자키

이부스키

모바일의 **도시락**
버추얼의 **에키벤**

박찬일에게 여행은
좋은 친구와 여행을 떠나서 맛있는 음식을 나누는 것.

박찬일 ⋯ 셰프. 1965년 서울 출생. 남을 먹이는 일이 직업이기도 하지만, 먹는 일에 대한 집요한 탐구정신으로 산다. 살아오면서 가장 좋아하는 말은 '다 먹자고 하는 일인데'와 '밥 먹고 합시다'이다. 그러면서 동시에 먹는 일에 대한 환멸을 가지고 있다. 『보통날의 파스타』 『지중해 태양의 요리사』 『어쨌든 잇태리』 『추억의 절반은 맛이다』 등의 책을 썼다.

몇 해 전에 일본 산악지방을 기차로 달리는 여행을 한 적이 있었다. 단풍을 잘 감상하라고 차창을 낮게 내고, 바닥에는 다다미를 깔았다. 무엇보다 그 여행의 백미는 도시락이었다. 다다미에 앉아 온갖 반찬이 오밀조밀하게 들어 있는 도시락을 먹는 일은 아주 잘 만든 상품이었다. 도시락은 산해진미가 색깔과 기하학적 균형에 맞춰 배치되어 보기에도 감탄을 자아냈다. 내 손에 들린 도시락의 시각적 이미지 밖으로 단풍이 절정인 산허리가 배경처럼 흘러갔다. 이건, 정교하게 설계된 소우주라는 생각이 들었다. 왜 아니겠는가. 손바닥만한 정원에 해와 달과 파도와 섬으로 우주를 꾸미는 일본인다운 형식미를 강조한 여행 상품이었다.

장거리 기차여행은 먹는 즐거움을 동반하게 마련이다. 유럽의 오리엔탈 특급열차에서 동 페리뇽 샴페인과 풀코스 정찬을 먹을 수도 있고, 일본인들처럼 도시락 먹는 재미를 즐길 수도 있다. 우리에게도 기억이 있는데, 도시락보다는 가락국수일 것이다. 나는 부모님의 고향을 가던 중앙선 기차의 추억으로 가락국수 맛을 떠올린다. 원주역에서 빠듯한 정차 시간 안에 한 그릇의 국수를 먹기 위해 승객들은 질주했다. 뜨거운 국물을 들이켜면서 국수를 밀어넣었다. 한국은 철도 대신 도로와 자가용 중심으로 교통체제가 개편되면서 그 가락국수조차 도태되고 말았다. 순식간에 국토의 남북을 종단하는 특급열차는 도시락의 존재 이유를 소멸시켜버렸다.

도시락은 그래서 가장 일본적인 풍경의 소도구다. 우리는 기차역의 도시락 판매점에 늘어선 줄을 본다. 멋진 비즈니스 슈트를 입은 회사원들이 도시락 비닐봉투를 들고 플랫폼에 서 있는 모습은 일본에서나 가능한 광경이다. 종종 주종이 뒤바뀌는 게 인간의 일상인데, 일본의 에키벤도 그렇다. 그들은 에키벤을 먹기 위해 열차여행을 고대하는 게 흔한 정서라고 한다. 남에게 폐를 끼치지 않는 습속도 에키벤에서는 양해되는 것 같다. 신칸센의 정결한 객차 안에서 음식 냄새를 피우는 것을 꺼리지 않는다.

일본인에게 도시락은 생활문화의 하나다. 직장인들은 외부 식당 대신 집에서 싸오거나 배달 도시락으로 점심을 해결하는 경우가 많다. 도시락은 거대한 시장으로 성장해서 일본에서는 음식 이상의 '무엇'을 의미한다. 규슈 일대의 대형서점마다 도시락과 관련된 도서는 노른자위 코너에 별도의 매대를 차지하고 있었다. 예쁜 도시락을 싸는 레시피북이 눈에 보이는 것만 줄잡아 백여 종이 넘었고, 무크와 월간 잡지도 눈에 띄었다. 이같은 도시락 왕국에서 에키벤을 빠뜨릴 수 없다. 에키벤은 단순한 음식을 떠나 일본식 휴대 음식문화의 총체적 상징으로 보였다. 특이한 것은 전 세계의 휴대 음식이 대부분 일본화하여 에키벤으로 제공되고 있다는 사실이었다. 중국의 만두와 찐

나중에 이 아이들은 자라서 이렇게 말할 것이다. "기차를 빼놓으면 이야기가 안 됩니다. 우리 인생에는 기차가 항상 배경이 되었습니다."

빵, 인도의 카레, 한국의 불고기, 미국의 햄버거, 영국의 샌드위치가 조금씩 변형되어 대나무 무늬의 도시락에 '젓가락'과 함께 포장되어 팔렸다. 우리는 가고시마 중앙역에서 아주 특별한 장면을 목격하기도 했다. 고급 레스토랑 음식을 의미하는 쇠고기 등심 스테이크가 도시락의 형태로 출시되어 있었다. 거대한 그릴에서 정식 요리복을 입은 '셰프'가 스테이크를 구웠고, 주문에 따라 무려 '미디엄 레어' 같은 분홍색 살코기의 스테이크가 도시락으로 포장됐다. 에키벤은 이미 음식과 도시락을 넘어 '현상'으로 불러도 될 의미심장한 일본 해석의 코드였다.

본디 도시락이란 간소함의 상징이다. 한국의 정치인들이 간혹 노타이 와이셔츠에 소매를 걷어붙이는 회의 광경을 노출시킬 때 빠뜨리지 않는 게 도시락이다. '도시락을 시키면서 장거리 회의를 거듭했다'는 기사가 신문에 실린다. 그 도시락이 호텔에서 만든 이만 원짜리라는 건 그다지 중요하지 않다. 도시락의 상징은 그런 역설을 덮어버린다. 도시락에 숨겨진 함의는 그런 점에서 시종 혼란스럽다. 일본인들은 에키벤도 모자라 시내의 식당에서 도시락을 사 먹는다. 그릇도 휴대성을 고려한, 반찬과 밥을 동시에 담을 수 있게 제작된 것을 쓴다. 이건 일종의 포르노다. 마치 멀쩡한 방 놔두고 집 마당에서 텐트를 치고 버너를 피워 코펠에 밥해 먹는, 코스프레적 모방의 절정이다. 다 먹는 일이지만 저마다 하는 짓도 요상하고 별난 게 인간이라 지금도 문화인류학적 확대경으로도 해석이 안 되는 것이다.

도시락 안에 은어 한 마리가 누워 있다. 특급의 정성이 돋보이는 '은어삼대' 에키벤은 무엇부터 건드려야 할지 망설여진다. 기분으로 먹는 것이 도시락이니 그냥 기분 내키는 대로.

후쿠오카 나카스 지역 천변에 늘어선 포장마차.
해가 지면서부터 문을 여는데 밤이 깊어갈수록
사람들의 웃음소리가 커진다.

도시락 파는 식당

식당에서 도시락을 사먹는 역설이 한국에도 들어왔었는데, 역시나 '사시미와 스시'는 좋아라 사족을 못 쓰는 한국인들도 그 오리지널한 '본정통' 스타일은 이식되지 못했다. 요새 홍대 입구를 중심으로 다시 '벤또집'이라는 형식으로 가게가 열리고 있기는 하지만, 아직은 큰바람을 불어오지는 못한다. 도시락은 한국에서 여전히 모바일 음식의 원조로 남아 있기를 원하는 것 같다. 칠기로 만든 예쁜 그릇에 칸칸이 구획을 짓고 조림이며 튀김, 구이와 날것을 가지런히 담는 이 별난 음식은 도대체 어떤 발생학적 근원을 가지고 있단 말인가.

무라카미 하루키의 출세작 『상실의 시대』에는 주인공이 도시락이 맛있다는 맛집을 여자친구 미도리와 함께 찾아가는 대목이 나온다. 도시락의 미덕을 휴대성으로 이해하는 한국의 독자들에게는 자못 이국적인 소묘였다.

모바일의 도시락을 버추얼로 즐기는 이 독특한 심리가 일본인에게 저장되어 있다. 한때 한국의 일식당에서도 도시락을 팔았다. 탁자에 앉아서 직원의 시중을 받아가며 먹는 도시락의 미학을 얘기했다. 그러나 이제는 전통적인 일식당에서 도시락 메뉴를 찾아보기 힘들다. 각자의 음식을 각자가 먹는 도시락의 격리지향의 태도는 우리에게 무언가 이질적인 음식이 아니었을까. 그것이 일본과 한국인의 결정적 정서의 차이를 보여주는 것은 아닐까.

우리는 어린 시절의 추억에 딸려오는 도시락을 잊지 못한다. 나는 운동회의 도시락이 생각난다. 그늘도 없는 맨땅에 대충 돗자리를 깔고 식구들이 앉았다. 엄마가 힘겹게 준비한 도시락 찬합을 열면 자욱한 운동장 먼지 냄새와 햇빛의 분말들이 도시락에 날아들었다. 도시락은 내게 궁핍의 소년기를 확장하는 프리즘이다. 소시지와 계란말이가 없는, 김치 한 쪽의 거친 도시락으로 남아 있다. 일본인에게는 그것은 히노마루 도시락이다. 밥 가운데 달랑 한 쪽의 붉은색 매실 장아찌를 넣어 일장기를 닮았다는 정치적 확장이 내포된 그 도시락이다. 태평양전쟁 말기, 군부는 히노마루 도시락을 찬양함으로써 내핍의 덕목을 강조했다. 여전히 이 도시락은 절제와 가난의 이미지로 회자되고 비장미의 상징으로 살아남았다. 일본에서 선풍적인 인기를 끌었던 만화 〈자학의 시〉는 불행한 한 여인의 일대기를 다룬다. 호의호식하는 남편을 위해 헌신하는 그녀의 몫이 히노마루 벤또로 그려지는 것도 이런 배경에서 나온 셈이다.

카레를 도시락으로 먹다니. 〈2012년 규슈 에키벤 그랑프리〉에서 2위를 차지한 '아리타 야키
카레 벤또'. 다른 도시락에 비해 조금 비싼 1,500엔의 이 도시락은 계산을 하면 데워서 준다.
그릇은 아까워서 버릴 수 없다.

자전거를 타고 강으로 피크닉을

지금 일본에는 이천오백여 종의 에키벤이 팔린다. 히노마루 벤또부터 가이세키 요리를 압축해놓은 것 같은 초호화 도시락까지 온갖 도시락이 기차역에서 손님을 기다린다. 에키벤이란 역驛의 '에키'에 '벤또'를 합성한 말이다. 일본은 전형적인 철도 국가다. 그들이 모범으로 삼은 유럽에서 들여온 철도는 동아시아 침략전쟁 시기에도 군대와 함께 진주했을 정도다. 국철과 사철이 뒤엉키고, 엄청나게 긴 국토를 철도가 종횡으로 달린다. 그 여행의 행간에 에키벤을 동반하는 건 필수적이다. 탈아입구脫亞入口의 메이지유신으로 철도혁명을 이루었는데, 대나무를 얇게 켜서 만든 벤또에 오밀조밀한 우주를 구현해놓고 즐기는 일본적 아이콘을 접목한 건 역시 일본인다웠다. 서양 같으면 코스로 제공해야 할 요리를 도시락 하나에 압축해서 담는다. 샐러드와 스프, 앙트레와 메인디시를 작은 사각형의 공간에 미니어처처럼 찍어 넣는다. 무엇이든 1인용과 개인화시키는 능력을 가진 그들에게 도시락은 그 능력을 실험해볼 좋은 대상이었을 것이다. 메이지유신은 유럽으로부터 육류와 유제품 중심의 음식문화도 함께 받아들인다. 고기로 만든 요리는 오랫동안 금기시되었지만 메이지유신을 통해 외식문화의 성장과 함께 대중화의 길을 걷는다. 이때 도시락은 고기 먹는 문화의 촉매로 기능했다고 한다. 서구적 체격과 에너지를 요구했던 정권의 의지는 언제든 고열량과 고단백질, 고지방식을 국민들이 먹기를 요구했고, 도시락에 일본화된 서양 요리를 담으면서 광폭의 대중화를 이루게 될 수 있었다. 원래 서양 제국에서 즐기는 포크커틀릿을 일식화시켜서 도시락에 담아 돈가스 벤또를 만든 건, 과연 일본다운 혁명적 발상이었다. 우리가 지금 한국에서 사 먹는 도시락의 다수에 돈가스가 담기는 건, 그래서 일본으로부터 받아들인 전형이었던 것이다.

그런데 탈아입구의 목적지인 유럽의 도시락 문화는 어땠을까. 뜻밖에도 유럽의 도시락 문화는 시종 간소함으로 이루어진다. 내가 다니던 이탈리아의 요리학교에서 '소풍'을 떠날 때, 학교측에서 준비한 도시락이란 고작 얇은 햄을 끼워넣은 마른 빵 한 덩어리였다. 생수 한 병을 곁들여서. 학교에서 야외수업을 위해 도시락을 준다는 말에 우리는 상당히 흥분했었는데, 막상 도시락을 보면서 얻었던 실망이란. 도시락이라는 말이 주는 다채로운 반찬과 별미의 기대는 무참하게 스러졌다. 나는 그렇게 유럽의 식문화의 어떤 뚜렷한 이미지를 각인하게 되었다. 흔히 서양식 하면 떠올리는 풀코스 정찬의 이미지는 그야말로 비현실적인 세계이며, 간결하고 소박한 일상의 음식을 충격적으로 나의 머리에 이식하게 된 것이다. 그렇게 해서 나는 비로소 유럽 음식을 만드는 요리사로서 최소한의 준비가 된 것이 아니었을까 싶다.

최근에 개봉한 프랑스 영화 〈자전거 타는 소년〉에서도 유럽인의 도시락 취미가 슬쩍 드러난다. 위탁모와 주인공 소년은 자전거를 타고 강으로 피크닉을 간다. 영화를 통틀어 유일하게 희망과 웃음이 있는 장면이다. 그들은 강가에 자전거를 세우고 준비한 도시락을 먹는다. 소년이 도시락을 꺼내면서 말한다.

"치즈 넣은 거? 나는 참치 먹을래요."

규슈 에키벤 그랑프리는 지난해 10월부터 12월까지 오십 개의 에키벤을 대상으로 설문조사를 거쳐 올해 1월 하순에 예선 투표를 실시했다. 다시 2월 11일에 JR 하카타 시티에서 일반인을 대상으로 투표, 2월 하순에는 저명인사와 기자들을 대상으로 시식 및 투표를 실시해 최종 순위를 매겼다. 아래는 〈2012년 규슈 에키벤 그랑프리〉에서 당당히 1위를 차지한 '사가규 스키야키 벤또'.

빵에 한 가지 속을 넣은 투박한 '도시락'을 먹으며 그들은 웃는다. 한국이나 일본의 감독 같으면, 최고로 행복한 연출을 위해 3단 찬합을 동원했을 장면을 다르덴 형제 감독은 마른 빵 한 가지로 처리하고 만다. 그것도 흔한 치즈와 통조림 참치를 넣어서. 그들은 풍성하고 우주적 구현의 도시락에 대한 체험과 이해가 부족하기 때문일 것이다.

(왼쪽) 후쿠오카 하카타 역에서 판매하는 '이카 산마이'는 이름 그대로 오징어를 주재료로 한다. 3위를 차지했다. (가운데) '다이묘 도츄 카고'는 13위를 차지했다. 두 단으로 도시락을 겹쳐 포장하고 손잡이가 따로 달려 있었는데 그 모양이 영주(다이묘)가 타는 가마를 닮았다. (오른쪽) '카시와 메시'는 4위를 차지했다. 닭뼈 육수로 지은 밥 위에 올린 닭고기와 지단, 김가루를 섞어 비비면 맛이 좋다.

도시락 올림픽

우리는 규슈 지역의 에키벤을 집중취재했다. 일본 내에서 각 지역별로 에키벤 콘테스트가 자주 열린다. 우리는 그중에서도 규슈 지역에 국한해서 입상작을 중심으로 시식했다. 막 새로운 입상작이 발표된 시점이어서 일찍 동이 나는 바람에 어떤 에키벤은 구하는 데 어려움을 겪기도 했다. 몇 가지 의미심장한 도시락들이 있었다. 규슈에는 우리 도공들의 혼이 서린 아리타^{有田} 마을이 있다. 조선의 도공 이삼평이 일본 최초의 백자를 구운 곳으로 유명하다. 이 지역의 에키벤은 대단히 파격적이었다. 사각의 패키지 대신 재활용할 수 있는 도자기 그릇―꽤 유려하고 쓸모 있다―에 잘 볶은 카레를 얹은 도시락이었다. 전형적인 일본의 카레라이스였지만, 도자기 그릇에 담겨서 품격을 보여주었다.

사가 현의 불고기도시락도 높은 점수를 받았다. 알려진 대로 메이지유신 전까지 고기를 먹지 않았던 일본은 대대적인 육식 장려 정책을 편다. 유럽인에 대항하기 위해서는 일본인의 체격과 체질을 육식으로 변화시켜야 한다는 내용이었다. 소불고기는 이즈음 한국의 요리법을 전해받은 것이다. 달콤하게 양념한 일본 소불고기 덮밥이 우리 입에 익숙했다.

에키벤을 많이 먹어보니 전체를 관통하는 메시지가 있다. 바로 스토리의 강조와 지역 산물^{로컬푸드}을 적극적으로 쓰는 것이다. 요새 지역 산물에 스토리텔링을 덧입히려는 한국 지방자치단체의 시도들이 많은데, 유사한 경우다.

이를테면, '영주님 도시락'이라는 히트 제품은 사실 별다른 구성은 아니다. 그러나 영주를 상징하는 가마 모양의 도시락을 만들어 시각적인 재미를 보여주어서 인기를 끌었다.

로컬푸드는 그 자체로 스토리가 된다. 가다랑어가 많이 나오는 지역의 '가다랑어 낚시 도시락'이나 흑돼지로 만든 흑돼지도시락은 맛도 맛이지만 지역의 재료에 시선이 꽂히게 하는 효과가 있었다. 그중에 은어로 만든 도시락이 있어서 신기했다. '은어삼대'라는 이름의 이 도시락은 구마모토 현에서 삼대째 대를 물려가며 운영하는 식당의 메뉴를 도시락화한 것이라고 한다. 은어 한 마리가 통째로 들어 있는 비주얼도 통쾌했고, 맛도 좋았다.

지역 산물을 맛있게 요리해서 주목을 받는 도시락 중에는 놀랍게도 생선회 도시락도 꽤 있었다. 초밥의 한 종류인 '치라시' 에키벤은 물론 온갖 초밥 도시락이 흔했고, 쉽게 상해서 선도 좋은 것을 먹기 어렵다는 고등어초밥도 자주 볼 수 있었다. 등 푸른 고등어의 무늬가 차창으로 들어오는 햇빛에 무지개빛으로 반사되는 장면은 오래도록 기억에 남을 에키벤이었다.

에키벤의 미덕 중의 하나는 꼭 덧붙이자. 일본음식에서 공통으로 발견하는 것이기도 한데 무엇보다 밥이 좋다는 점이다. 밥을 잘 짓고, 밥 자체의 맛이 좋은 품종을 쓴다. 반찬이 아무리 화려한들 밥이 맛없으면 무슨 소용일까.

음식은 단순히 열량이 아니라 인간 역사의 총화라고 해도 틀린 말이 아니다. 그래서 귄터 그라스가 석기시대부터 현대에 이르는 그야말로 대하소설인 『넙치』를 쓰면서 시종일관 음식으로—심지어 엄마 젖으로 만드는 치즈도 등장한다—이야기를 끌어갔던 건 당연한 일인지도 모른다. 지구의 역사

사세보에서 구마모토로 가는 길, 신도스 역에서 다음 열차를 기다리는 동안 이른 점심으로 도시락을 택했다. 포장을 뜯고 젓가락을 손에 쥐는 사이, 고인 침이 입안에서 한 바퀴 회전한다. 일본 도시락이 펼쳐 보이는 묘기의 끝은 어디까지일까.

는 제각기 먹느라고 살아가는 인간이 남겨둔 패총의 총합이 아닌가 하는 생각이 미치는 것이다. 그러므로 대한민국도, 우뚝 솟은 서울도 거대한 조개무지와 다를 바 없는, 먹고 뱉어낸 허기와 욕망의 바벨탑인 바에는.

그 의문을 풀기 위해 일본도 다녀오고 한국에서 몇몇 저작물도 살펴보았다. 『스모 남편과 벤또 부인』이라는 일본문화 분석 시리즈 책에서 윤호숙 교수는 의미 있는 서술을 하고 있다. 이를테면 일본에서 집행유예를 받은 걸 '도시락을 받았다'고 표현한다. 도시락이란 워낙 좋은 것이라는 뜻이다. 윤교수는 이 도시락 문화가 에도시대에 꽃피운 것으로 본다. 꽃놀이와 뱃놀이 같은 야회夜會와 야유野遊에 도시락이 빠질 수 없었다. 지금도 벚꽃놀이 철이 되면 시내 백화점 지하 식품부는 도시락을 사는 이들로 인산인해를 이룬다. 도시락이 주는 그 묘한 흥분, 봄의 서정까지 겹쳐져 일본은 벤또와 함께 아수라장의 도가니가 된다는 것이다. 흩날리는 벚꽃잎 아래 깔개를 펴고 오차를 곁들여 벤또를 먹으며 하이쿠 하나를 지어 읊는다면 그것을 '일본적'이라고 불러도 아무도 시비를 걸지 못할 것이다.

에키벤에서 일본의 작은 우주를 보다

나는 어려서 결핍감 속에 살았는데, 그중 하나가 보온도시락이었다. 기억하시는지. 코끼리표 일제 보온도시락, 까만색 '레자' 외피에 역시 까만색 줄이 달려 있고, 경첩으로 된 뚜껑을 열면 국그릇이 쏙 빠져나오고 그 밑으로 찬과 밥을 담는 플라스틱 용기가 층층이 구성되어 있었다. 조개탄 난로 위에 서로 좋은 자리를 차지하려고 양은도시락을 올리는 다툼 속에서도 코끼리표는 우아하게 책상 옆 고리에 매달려 있기만 하면 됐다. 그때 그 도시락은 살 만한 집과 그렇지 않은 집을 나누는 계급장이었다. 까만 형겊 학생화와 신세계백화점에서 파는 학생 구두의 차이 같은 거였다. 김칫국물이 쏟아져 나와 교과서를 물들일 염려도 없고, 손이 곱는 추운 교실에서도 따뜻한 국물을 먹을 수 있는 아, 그 까만 도시락.

나는 그 도시락을 가질 수 없다는 계급적 인식을 일찍이 확인했다. 그래서 책가방을 홀쭉하게 만들어 옆구리에 끼고 목을 조이는 '호크'와 금색 단추 하나를 풀고 모자를 삐딱하게 쓰는 것으로 계급적 태도를 견지했다. 그것은 자못 통쾌한 일이었는데, 어깨에 메는 그 도시락은 절대 그런 가오를 잡을 수 없는 방해물이기 때문이었다. 검정 보온도시락을 끼고는 도저히 뒷골목에서 담배를 피우거나 여학생에게 치근덕거리는 짓은 할 수 없었다. 물론 부러운 건 사실이었다. 그건 검정도시락이 상징하는 풍요였는데 양은도시락들이 청계천에서 산 갱지에 비밀 인쇄한 도색만화를 돌려볼 때 녀석들은 모

★ 유후인의 카라반 커피

친 부재시 거실의 소파에서 소니 육 밀리 베타테이프로 정품 동화를 시사했을 테니까 말이다. 하긴 뭐가 됐든 나는 삐딱하게 옷 단추를 하나 풀고 짝다리를 짚으며 건들건들 도시락에 젓가락질을 했다. 검정 보온도시락 따위는 어울리지 않는다는 명백한 자각을 하고 있었던 것 같다.

나는 그 시절 동무들의 이름은 모두 기억이 안 난다. 중년이 된 지금 간혹 그 녀석들과 연락이 되는 경우가 있다. 그러면 우리는 동시에 외친다. "얼굴 보면 알 거야!" 그 얼굴만큼이나 또렷한 이미지가 있다. 바로 녀석들의 도시락 반찬이다. 일 년 내내 김치로만 도시락을 싸오던 녀석이 있었다. 녀석의 얼굴은 희미한데, 도시락 김치의 맛은 잊혀지지 않는다. 녀석의 어머니는 궁핍했지만, 음식 솜씨가 좋았다. 사철 다른 김치가 담겼다. 물 많은 막김치부터 여름방학이 다가올 무렵의 총각김치와 제철의 아삭하고 시원했던 배추김치, 새학기에 싸오던 향긋한 봄김치, 늦여름의 물김치까지…….

언젠가는 오랫동안 잊고 있었던 동창이 텔레비전의 토론 프로그램에 나왔다. 고관의 아들이었던 녀석은 반찬통이 밥통보다 큰 드문 경우여서 늘 동무들의 주목을 받았다. 녀석은 인심도 후해서, 간혹 미제 햄을 넣어 만든 달걀말이를 돌리곤 했는데, 그건 아마도 내 근육과 뼈가 되었을 것이다. 도시락은 어머니의 취향과 솜씨였겠지만, 교실에서 풀어헤쳐지면서 하나의 독립적이고 생명력 있는 개체로 또렷하게 각인되었던 것이다. 녀석들의 이름 대신 도시락 반찬이 생각나는 걸 보면 틀림없이 그런 셈이다. 외식이란 게 거의 없던 시절, 그렇게 우리를 다른 음식의 다종한 세상으로 안내한 것도 도시락이었다. 도시락이 없었다면 나는 각기 다른 고향과 취향의 어머니들이 만든 허다한 맛들을 어떻게 혀에 기억시킬 수 있었을까. 내가 지금, 맛에 대해 글을 쓰고 맛을 만드는 건 아마도 그들의 도움이 팔 할이라고 해도 과언이 아닐지 모르겠다.

나 돌아가면 얼마나
이곳을 그리워할까

장기하에게 여행은
길을 잘못 들어 우연히 타게 된 전철 창밖으로 바라본 풍경이
문득 참을 수 없이 아름다운 것.

장기하 … 1982년 출생. 서울대 사회학과 졸업. 그룹 '장기하와 얼굴들'을 이끌고 있다. 데뷔 첫해인 2008년 싱글 〈싸구려 커피〉로 한국대중음악상에서 '올해의 노래' '최우수 록 노래' '네티즌이 뽑은 올해의 남자 아티스트' 등 3개 부문을 수상했다. 2012년 열린 제9회 한국대 중음악상에서는 '올해의 음반상' '올해의 음악인' '최우수 록 음반' '최우수 록 노래' 상을 받 았다. 현재 SBS 파워FM 〈장기하의 대단한 라디오〉 DJ로 활동중이다.

내겐 본래 취미가 두 가지뿐이다. 하나는 음악, 나머지 하나는 음식. 이제 음악은 직업이 되어 취미라고 말하기가 좀 애매해졌으니 어찌 보면 순수한 취미는 음식밖에 없는 것이다. 보통 음식이라고 하면 마시는 것을 빼놓고 생각하기 마련이지만, 음식은 엄연히 마실 음飮에 먹을 식食 자로 이루어진 말 아닌가. 심지어 음 자가 앞에 있기도 하고 말이다. 술 좋아한다는 이야기를 이리도 장황하게 늘어놓는 데는 이유가 있다. 이번 여행, 먹는 것은 별로였지만 맥주는 정말 맛있었다.

그렇게도 가보고 싶었던 영국이었다. 히드로 공항 바닥을 밟는 것만으로도 마음이 콩닥콩닥 뛰었는데, 콩닥콩닥을 쿵쿵쿵쿵으로 증폭시켜준 것은 다름아닌 맥주공장이었다. 숙소로 가는 차 안에서 창밖을 내다보니 가장 유명한 영국 맥주 브랜드 중 하나인 '런던 프라이드London Pride'의 간판이 대문짝만하게 걸려 있는 것이었다. 전통의 맥주 제조사 '풀러스Fuller's'의 맥주공장 건물이었다. 아, 드디어 고대하던 브리티시 에일을 맛볼 수 있는 것인가! 숙

살아 있는 음료의 최고봉은 뭐니뭐니해도 맥주다. 건조해진 식도를 타고 들어가 몸에 퍼지는 것을 느끼는 동안, 아주 잠깐 동안 강렬하게 살아 있다는 느낌을 받게 한다.

소에 도착한 것은 밤 아홉시 반쯤. 대부분의 식당이 문을 닫은 시간에 끼니를 해결해야 한다는 사실도 전혀 문제가 되지 않았다. 근처에 펍 한 개만 있으면 그만이었다. 번화하지 않은 주택가였지만, 결국 걸어서 갈 수 있는 거리에 있는 펍 하나를 발견했다. 내 생애 첫 영국 여행은 그렇게 에일 한 잔과 함께 시작되었다.

펍에서 주문을 하려고 바 앞에 서면 보통 5~10개 정도 되는 서로 다른 브랜드의 생맥주 꼭지들이 늘어서 있다(나는 이 광경이 정말 좋다!). 이 꼭지들은 두 무리로 나뉘어 있는데, 한쪽에는 조금 작은 크기의 라거맥주 꼭지들이 있고 다른 한쪽에는 큼직한 브랜드 로고가 붙어 있는 에일맥주 꼭지들이 있다. 이 에일이라는 종류의 맥주가 영국 펍 문화를 대표하는 술이라 할 수 있는 것. 나는 첫날부터 당연히 에일을 주문했다. 처음부터 맛있지는 않았다. 영국 펍에서 파는 에일이 미지근하다는 이야기는 익히 들어 알고 있었지만 그 온도에 바로 적응하기는 쉽지 않았던 것이다. 게다가 에일의 특성상 탄산이 별로 없어 맹숭맹숭한 느낌마저 들었다. 하지만 그런 낯섦은 하루 이틀뿐이었고, 나는 곧 그 풍부한 향과 시크한(?) 온도에 사로잡혀 여행하는 동안 하루도 빼놓지 않고 에일을 마시러 펍을 드나들기에 이르렀다.

며칠 동안 이 펍 저 펍 드나들다보니 궁금증이 생겼다. 나는 원래가 낮술 예찬론자인데다 노는 게 일인 여행객이다보니 낮부터 펍에서 죽치는 것이지만, 분명히 현지인으로 보이는 사람들이 왜 주중에도 낮에 펍을 이리도 많이 찾는 것일까? 옆에서 맥주를 마시고 있던 영국인에게 물어봤다. "나는 한국에서 온 여행객인데, 우리나라에서는 낮에 술집에 가보면 이렇게 사람이 많지 않아요. 여기는 왜 이런 거죠?" 그 사람이 답한 말에 따르면, 런던에서는 직장인들의 점심시간이 두세 시간쯤 되며 그동안 펍에서 맥주 몇 잔 하다가 다시 일터로 돌아가 오후 업무를 보는 일이 흔하다는 것이었다. 아니, 이런 천국이!? 문화충격이었다. 하지만 곰곰이 생각을 해보니 이해가 갔다. 우리나라의 경우 알코올 함량이 많은 소주나 폭탄주를 즐기다보니 업무 중간에 술을 마신다는 것이 어불성설로 여겨지고, 일하며 받은 스트레스를 풀기 위해 퇴근 후에 부어라 마셔라 하는 분위기가 되는 것이다. 반면 영국인들은 낮은 도수의 맥주를 커피 같은 기호음료 정도로 받아들이는 것이다. 그러다보니 낮술이 그다지 터부시되지 않는 것. 대부분의 펍이 열한시쯤 문을 닫는 것도 그때서야 이해가 되었다. 어느 시간에나 마실 수 있는 술을 굳이 밤을 새워가며 마실 필요는 없지 않은가. 나야 뭐, 낮에 홀짝거리는 맥주도, 밤새도록 마시는 소주도 모두 좋으니, 영국이 천국인 것까지는 아니구나 싶었다.

하지만 여행을 하는 입장에서는 그런 낮술 친화적인 분위기가 거의 천국같이 느껴지긴 했다. 어찌나 낮술에 심취했던지 하루는 점심 때부터 늦은 오후까지 혼자서 5차를 달렸다. 같은 에일이라도 브랜드가 워낙 다양해서 돌아가며 맛을 보는 재미가 있었을 뿐더러, 날씨도 하루종일 맑아서 낮술을 하기에는 그야말로 최적의 환경이었던 것이다. 한껏 기분이 좋아져서는 숙소로 향했다. 잠시 쉬었다가 전날 예매해놓은 로열 필하모닉 오케스트라Royal Philharmonic Orchestra의 공연을 보러 가기 위해서였다. 숙소에 도착하니 공연장으로 출발하기 전까지 한 시간 정도의 여유가 있었다. 거기까지는 좋았다. 그다음 순간, 눈을 떠서 시계를 보니 공연 시작 십 분 전이었다. 전날에 가본

걷다가 쉬고 싶으면 맥주를 떠
올리는 게 자연스러웠다. 이 맥
주를 어느 정도 데리고 갈 수
있다면 많은 날들이 달라질 수
있을 텐데.

바로는 도보와 지하철로 삼사십 분은 족히 걸리는 거리. 나는 황급히 뛰어나가 택시를 잡아탔다. 악명 높은 영국 택시비를 몸소 체험해가며 기사 아저씨에게 빨리 가달라고 부탁도 했지만 역부족이었다. 결국 나는 공연의 절반을 입구 앞에 붙어 있는 모니터 화면을 통해 봐야 했다.

생각해보면 이런 낮술과 공연 간의 전쟁은 여행 내내 계속되었다. 낮에 마시는 맥주도, 저녁에 보는 공연도 포기할 수 없었던 것. 덕분에 거의 매일 이미 피곤해진 몸을 이끌고 공연장으로 향해야 하긴 했지만, 공연장에는 늘 피로를 잊을 만큼 좋은 음악이 나를 기다리고 있었다.

야, 오늘 보물 건졌다

거의 매일 밤 어딘가에 가서 공연을 봤다. 나는 외국에 가서 음악 공연을 볼 때 웬만큼 그 음악이 마음에 들면 음반을 사 오는 편이다. 집에 와서 한참 후에 그 음반을 들으면 여행지에서의 추억이 마구 샘솟는 것이다. 이번 여행에서 공연을 보고 산 음반 중 요즘 가장 즐겨 듣는 것은 겟 더 블레싱Get The Blessing의 〈OCDC〉다. 겟 더 블레싱은 밴드 포티쉐드Portishead의 드러머와 베이시스트가 결성한 재즈록 밴드인데, 딱 내 스타일이다. 나는 말로 표현하기 어려운 정서를 간결하게 표현하는 음악을 좋아한다. 내 마음에 늘려면 상투적이어서도 안 되고 복잡해서도 안 되는 것이다. 겟 더 블레싱은 그 조건을 충족시킨다. 세련된 남성성을 가진 음악이다. 사람으로 따지면 조지 클루니 같달까? 안타까운 일은, 런던까지 가서, 거기서도 그 멋진 재즈클럽 로니 스콧스Ronnie Scott's까지 가서, 조느라 공연을 제대로 못 봤다는 것이다. 그날 낮에 찾은 곳이 런던에서 가장 오래된 펍 '디 올드 체셔 치즈Ye Olde Cheshire Cheese'였다. 삼백 년도 넘은 펍에서 마시는 맥주에 신나도 너무 신났던 것. 비몽사몽간에 '아…… 저 음악 뭔가 괜찮은데'라는 생각을 하며 본 겟 더 블레싱의 공연. 집에 돌아와 CD를 들으며 생각했다. '이렇게까지 좋은 음악이었단 말인가!' 언젠가는 다시 보고 말 테다.

두 눈 뜨고 처음부터 끝까지 본 공연들 중에서는 리즈 그린Liz Green의 콘서트가 가장 기억에 남는다. 맨체스터 출신의 여성 싱어송라이터인 그녀는 좋은 보컬리스트였다. 나는 흔한 창법을 능숙하게 구사하는 가수들에게는 매력을 느끼지 못한다. 음정과 박자가 아무리 잘 맞아도, 성량이 아무리 풍부해도, 그 사람만의 색깔이 확연히 드러나지 않으면 감흥을 느끼지 못하는 것이다. 리즈 그린의 음색은 사라 본이나 엘라 피츠 제럴드 같은 전통적인 재즈 보컬리스트를 떠올리게 했지만 거기에 강세가 확실하고 짧게 끊어부르는 창법이 더해지니 누구와도 비슷하지 않은 묘한 느낌이 났다. 노래의 멜로디는 귀여운 듯도 하고 기괴한 듯도 하여 팀 버튼의 영화에 삽입되어도 어울릴 것 같았다. 어쿠스틱 악기들로만 이루어진 편곡도 여백이 충분해서 좋았다. 아, 음악의 감흥을 글로 설명하는 것은 언제나 어렵다. 한마디로 요약하자면 '야, 오늘 보물 건졌다'는 생각이 들었다는 것. 공연 후에는 음반을 사서 문앞에서 기다렸다 사인도 받고 사진도 같이 찍었다.

그날 리즈 그린의 음악만큼이나 큰 인상을 준 것은 옆자리에 앉았던 한 관객이었다. 공연 시작 십 분 정도 전에, 백발이 성성한 영국인 할아버지가 내 옆자리에 앉았다. 혼자 온 눈치였다. 지긋한 나이의 어르신이 이십대 인디 뮤지션의 공연을 보러 온 것이 신기해서 슬며시 말을 붙여보았다. "이 공연장, 자주 오세요?" "네, 종종 와요." 한 마디 두 마디 대화를 나누다보니 이 할아버지, 꽤나 재미있는 사람이었다. 밥 딜런과 브루스 스프링스틴을 좋아한다는 그는 자신이 좋아하는 장르의 신인들이 하는 공연을 찾아다니곤 한다며, 직접 워드프로세서로 작성해 온 문서를 보여주었다. 거기에는 날짜, 뮤지션, 공연장 등의 항목이 적힌 표가 그려져 있었다. 서너 달 정도의 기간 동안 런던에서 열리는 공연들 중 관심이 가는 것들을 미리 골라 리스트로 만들어

영국사람들한테는, 당당함이 있다. 어딜 가나
당당한 모습을 보여서, 그것의 정체가 뭔지 해
부해보고도 싶다.

서 꼬박꼬박 보러 다닌다는 것이었다. 나는 한국에서 온 여행객이고 주로 공연을 보러 다닌다고 했더니, 그는 가지고 있던 신문지를 죽 찢어서 자신이 추천하는 공연장들의 이름을 적어주기도 했다. 이를테면 산울림의 오랜 팬이 신인 록 밴드들의 음악을 찾아 홍대를 누비는 식인 거다. 영국음악의 저력은 이런 데에서 나오는 것이 아닐까? 문화의 트렌드를 이끄는 것보다 트렌드 밖의 문화를 이끄는 것이 더 어렵다. 그리고 트렌드 밖의 문화를 이끄는 사회가 결국은 문화의 트렌드를 이끌게 된다.

'겟 더 블레싱? 리즈 그린? 그런 듣도 보도 못한 뮤지션들의 공연을 어떻게 알고 찾아갔지?'라고 생각할지도 모른다. 답은 간단하다.

바에 앉아 있는 동안 항상 나의 친구가 되어준 것은 다름아닌 『타임아웃 런던Time Out London』이었다. 런던의 문화 정보가 총망라된 주간지다. 여기에는 음악, 영화, 클러빙, 무용, 식당 등 각 분야의 모든 콘텐츠가 풍성하게 소개됨은 물론 평가단이 뽑은 각 분야별 '이 주의 베스트 5'가 게재되는데, 이게 아주 믿을 만하다. 세련된 남성성을 추구하는 겟 더 블레싱은 내가 머무른 첫 주의 추천 공연 2위에 랭크되어 있어서 나를 달려가게 했고, 리즈 그린은 영국으로 떠나기 전에 여행 기간 동안 볼 수 있는 공연들을 마구잡이로 검색하다 마음에 들어 메모해놓았던 이름인데, 가서 보니 같은 주 5위에 올라 있었다. 이 잡지는 어떤 사심도 의도도 개입하지 않는다는 것을 은근히 강조하고 있는데, 독자들을 실망시키지 않는 평가단을 꾸리고 있다는 것만으로도 놀랍고 부러웠다. 공연의 장르, 규모, 인지도는 물론 '대세'와 무관하게 추천 순위를 매기는 것만으로도 충분히 사람들을 움직이는 무엇이 있었다.

기차역에서 거리의 악사들이 음악을 연주하자,
맨발의 한 아이가 음악에 맞춰 춤을 추기 시작
한다. 엄마는 말리지 않았다.

그렇기 때문에 그 주의 베스트 5에는 리즈 그린 같은 소위 무명 로컬 뮤지션의 이름도 있었고, 겟 더 블레싱 같은 독특한 재즈록 밴드의 이름도 있었으며, 내가 경애해 마지않는 폴 매카트니 경^{Sir Paul McCartney}의 이름도 있었던 것이다.

이번에 본 폴 매카트니의 콘서트는 나의 '팬심'을 재확인하는 자리였다. 악기 세팅을 바꾸거나 특정 멘트를 할 때마다 다음에 할 곡을 쉽게 알아맞히는 나 자신을 보면서, 내게 이런 '팬질'의 대상은 이십 년 전의 서태지와 아이들 이후 처음이라는 것을 새삼 깨달았다. 사실 폴 매카트니의 콘서트를 본 것은 이번이 세번째였다. 이 년 전 미국에 가서 양일간의 콘서트 티켓을 모두

구입해 이틀 연속으로 봤던 것이다. 누군가의 공연을 보면서 '지금이 내 생애 최고의 순간 중 하나겠구나'라고 느낀 것은 그때뿐이었다. 장기하와 얼굴들의 2집은 그때 받은 감흥을 동력으로 만들었다고 해도 전혀 과장이 아니다. 그후로 유튜브를 검색해 동영상을 찾아보고, 라이브 DVD를 사고, 국내에서 구하기 어려운 음반들은 일본 공연을 갈 때 사 오는 등 나로서는 유례 없는 '팬질'이 시작된 것이다. 단 한 번도 내한한 적이 없는 뮤지션의 공연을 세 번이나 보았으니 말 다했지. 이번 콘서트는 폴 경의 공연치고는 작은 편인 오천 석 정도의 규모였던데다 자리가 무려 앞에서 네번째 열이었기 때문에 아주 가까운 자리에서 그를 영접(?)할 수 있었다. 아쉬운 점은 주위에 앉은 영

★ 폴 매카트니의 콘서트가 열린 로열 알버트 홀

국인들이 매우 얌전들 하셔서 공연의 칠 할 정도를 가만히 앉아서 봤다는 것. 나중에는 꽤 많은 사람들이 일어섰지만 내 앞 세 줄에 앉은 사람들은 거의가 중장년이어서 그런지 끝까지 앉아 있는 것이었다. 덕분에 서 있는 사람들 중에서는 내가 가장 선두가 되었다. 폴 매카트니의 콘서트 중 〈헤이 쥬드 Hey Jude〉는 빠지지 않는 레퍼토리이고 이 곡 후반부의 "나~ 나나~ 나나나나~" 하는 부분에서는 늘 대형 스크린을 통해 관객들의 모습을 보여준다. 관객 중 거의 유일한 동양인 남자가 맨 앞에 서서 손을 흔들며 노래를 따라 부르고 있는 광경이 카메라맨의 눈에 띄지 않기도 어려웠을 터. 나는 옆에 있는 영국인 남자와 함께 '투샷'으로 잡혀 대형 스크린에 중계되고 있는 내 모습을 바라보며 생각했다. '좀 차려입고 올걸.'

폴 매카트니의 등 뒤에 있는 거대한 내 모습을 본 것은 분명 다시 없을 진기한 경험이었지만, 이번 여행에서 눈시울을 붉힐 정도로 감동적이었던 순간들은 따로 있었다. 하지만 나는 어쩔 수 없는 폴 매카트니의 팬인가보다. 그 세 순간들 중 두 번을 그의 음악과 함께했으니.

눈시울을 붉히며

하루는 정해놓은 일정 사이에 시간이 남아서 내셔널 갤러리^{National Gallery}에 들렀다. 런던에 있는 동안 맑은 날이면 트라팔가 광장의 벤치에 앉아 그곳 매점에서 산 '런던 프라이드' 한 병을 따라 마시고 오후 여정을 시작하곤 했다. 내셔널 갤러리는 광장과 붙어 있는데다 무료 입장이라 시간을 때우기에는 안성맞춤이었던 것이다. 나는 미술에는 문외한이긴 하지만 모네^{Monet}의 그림은 좋아하기 때문에 인상주의 시대의 작품들이 있는 방을 찾았다. 모네, 마네^{Manet}, 쇠라^{Seurat} 등의 그림들을 거쳐 벽의 한 면을 거의 다 차지하고 있는 두 폭의 연작 그림을 마주했을 때, 내 발걸음은 그대로 멈춰버렸다. 난생처음 본 그 그림은 나의 어떤 추억을 불러일으키고 있었다. 추억은 언제나 기쁨과 슬픔을 함께 가지고 있다. 좋은 기억도 추억이 되면 다시는 돌아갈 수 없다는 것 때문에 슬픔을 머금기 마련이고, 안 좋은 기억도 추억이 되면 세월의 길이만큼 아름다움을 덧입기 마련인 것이다. 무어라 설명할 수 없는 복잡한 감정이 가슴 가장 깊숙한 곳에서부터 부드럽게 솟아올랐다. 익숙한 느낌이었다. 음악을 들으면서도 그런 느낌을 받은 적이 있었다. 시간이 다 되어 발길을 옮기면서, 이번 여행중에 반드시 아이팟을 가지고 이곳에 돌아와서 이 그림을 보며 그 음악을 듣기로 마음먹었다. 그리고 한국행 비행기를 타던 날 오전, 나는 빌라드^{Vuillard}의 '더 테라스 앳 바소이^{The Terrace at Vasouy}' 앞에서 폴 매카트니의 〈유 게이브 미 디 앤서^{You Gave Me The Answer}〉를 무한반복하고 있었

그 어떤 형식과 주제 없이 감성과 느낌을 다 담은 브릭레인(Brick Lane) 거리. 이곳에서는
하루종일 시간을 보내도 지루하지 않을 것 같다.

다. 눈시울을 붉히며.

가기 전부터 뮤지컬에 대한 기대가 컸다. 같은 뮤지컬이라도 본고장인 런던에서 보면 다르다는 이야기를 워낙 많이 들었으니. 부푼 가슴을 안고 여행 초반부터 달려가서 본 뮤지컬 〈위 윌 록 유We Will Rock You〉는 실망이었다. 음악이 멸종된 미래사회에 대한 일종의 공상과학 뮤지컬인 이 작품의 시나리오는 감동도 없고 재미도 없었다. 게다가 내용, 음악, 무대효과 간의 연관성은 느슨하기 짝이 없었고, 오직 퀸의 명곡들에 모든 것을 의존하는 듯했다. 〈빌리 엘리엇Billy Elliot〉도 별반 다르지 않았다. 물론 내가 엄청나게 운 없는 관객이었기 때문이기도 하다. 상연 도중 무대장치가 고장나서 공연이 십 분 정도 중단되는 사태가 벌어졌으니. 하지만 그것을 빼고라도 영화가 주었던 감동에 비하면 실망스러운 것은 어쩔 수 없었다. 주연배우가 어린이기 때문에 가지는 한계가 명확해 보였고 무대 전환은 대부분 예상 가능했다. 하지만 〈오페라의 유령Phantom of The Opera〉은 달랐다. 장면 하나하나가 그림 같았고 아담한 크기의 무대를 활용한 것이라고는 믿을 수 없을 만큼 다양한 공간들이 눈앞에 펼쳐졌다. 그 모든 효과들이 극의 내용과 긴밀하게 어우러져 완벽한 아름다움과 감동을 전했다. 음악이 좋은 것은 기본이었다. 오열하는 오페라의 유령 뒤로 저 멀리 배를 타고 떠나가는 두 연인의 모습. 뒤이어 가면만을 남기고 자취를 감추는 유령. 거기까지 본 나는 기립박수를 칠 수밖에 없었다. 눈시울을 붉히며.

딱 이틀을 가이드와 동행했다. 가이드의 차에 올라 고속도로를 탔다. 생각보다 오래 걸릴 거라는 이야기를 듣고 기분이 안 좋아진 상태였다. 떠날 날은

다가오는데 차 안에서 네 시간을 허비하는 것이 안타깝게 느껴졌던 것이다. 그런데 창밖으로 끝없이 펼쳐진 초원을 보니 마음이 녹아내리기 시작했다. 나는 이 년간 지하실에서 근무했던 군복무 시절 이후 탁 트인 풍경을 좋아하게 되었다. 넓은 시야가 확보되는 곳에 있으면 마음이 부풀어오르는 것이다. 해가 저물어가고 있었다. 문득 폴 매카트니 콘서트의 마지막 장면이 떠올랐다. 그는 늘 〈애비 로드 Abbey Road〉 앨범의 대미를 장식하는 세 곡의 메들리로 공연을 마무리짓는데, 그중 마지막 곡인 〈디 엔드 The End〉를 연주할 때 대형 스크린에는 지평선 뒤로 넘어가는 붉은 해가 보인다. 차창 밖의 붉은 해가 넘어가는 순간에 〈디 엔드〉를 들어야겠다고 생각했다. 아이팟을 꺼내 헤드폰을 썼다. 시간을 대략 계산해서 그 앞의 두 곡부터 플레이했다. 해가 넘어가는 시간에 얼추 맞게 〈디 엔드〉가 흘러나왔다. 가슴이 뜨거워졌다. 그렇게 나는 비틀즈의 고향인 리버풀로 향하고 있었다. 눈시울을 붉히며.

의외의 리버풀

리버풀에 도착하니 밤 열시가 넘었다. 네 시간을 달려오느라 피곤하기도 했고 다음날 낮 동안 시내를 돌아본 후 바로 런던으로 돌아가는 일정이었기 때문에 푹 자둬야겠다고 생각했었다. 그런데 호텔 입구를 들어서니 초기 비틀즈의 로큰롤이 로비에 울려퍼지고 있었고 바에서 사람들이 그 음악에 맞춰 춤을 추는 모습이 보였다. 돌연 생각이 바뀌었다. 비틀즈의 고향에서 맞는 단 하룻밤을 잠으로 날릴 수 있나! 로비에 물어 주변의 번화가를 찾아갔다.

첫번째로 보이는 펍에 들어가니 입추의 여지가 없는 가운데 사람들이 돌아가며 노래방 기기로 노래를 부르고 있었다. 린킨파크의 노래를 부르는 사람도 있었고 오아시스의 노래를 부르는 사람도 있었다. 모두들 큰소리로 웃어제껴가며 시끌벅적하게 대화를 나누고 있었다. 확실히 런던의 펍과는 분위기가 달랐다. 선입견 때문인지도 모르지만 사람들의 생김새도 약간은 더 촌스럽고 순박해 보였다. 왠지 모를 따뜻한 기운이 느껴졌다. 그 주변의 서너개 정도의 펍과 클럽들에 들러 각각 맥주 한 잔씩을 마셨다. 어떤 클럽에서는 3인조 밴드가 영국의 유명한 올드 록 넘버들을 연주하고 있었고 또 어떤 클럽에서는 디제이가 하우스류의 쿵쿵대는 음악을 틀고 있었다. 꽤 쌀쌀한 날씨라 나는 점퍼를 걸치고 나갔는데 남자들은 죄다 반팔 티셔츠를, 여자들은 죄다 어깨와 다리가 훤히 드러나 보이는 얇은 원피스를 입고 있었다. 넓지

★ 리버풀의 비틀즈 스토리

않은 번화가였지만 동네 전체가 작정하고 놀겠다는 분위기였다. 세련된 느낌은 아니었지만 확실히 흥에 있어서는 런던보다 한 수 위였다.

다음날 오전부터 둘러본 리버풀의 거리들은 정반대의 분위기였다. 흥은 어제의 그 번화가에만 몰려가 있는 것인가 싶었다. 구석구석에 왠지 모를 쓸쓸함이 배어 있었다. 비틀즈의 멤버인 조지 해리슨^{George Harriosn}과 링고 스타^{Ringo Starr}의 생가 앞도 마찬가지였다. 폴 매카트니와 존 레논^{John Lennon}의 생가에는 그나마 그곳이 생가라는 내용의 입간판이라도 세워져 있었지만 이 전설적인 밴드의 기타리스트와 드러머가 살던 집들은 그저 주변의 똑같이 생긴 저가형 연립주택 사이에 끼어 아무렇지도 않게 서 있었다. 인적 드문 주택가는 원색이라고는 하나도 없이 엷은 색으로 이어져 있었고, 하늘까지 잿빛이라 마치 흑백사진처럼 보였다.

존 레논의 노래 제목이기도 한 '스트로베리 필드^{Strawberry Field}'는 문이 잠겨 있어 그 앞에서 사진을 찍고 돌아서는 데 만족해야 했지만 폴 매카트니의 곡 제목인 '페니 레인^{Penny Lane}'은 그저 평범한 길일 뿐이었기 때문에 처음부터 끝까지 걸어볼 수 있었다. 〈페니 레인〉을 흥얼거리며 걸었기 때문이었을까. 아무 특별할 것 없는 그 길을 걸으며 느낀 기분이 잊혀지지 않는다. 비탈지고 곧아서 초입에서부터 길이 훤히 다 내려다보였던 것, 다리를 지나며 그 밑으로 나 있는 철도를 보았던 것, 아무도 관리하지 않는 듯 제멋대로 풀이 자라 있는 공원에서 개를 산책시키는 남자와 눈인사를 한 것 등이 머릿속에 선명하게 남아 있다. 단지 폴 매카트니에 대한 애정 때문이라고 하기에는 이상할 정도로 선명하다. 그 따뜻하면서도 쓸쓸한 길. 언젠가 다시 걸어보고 싶다.

사실 리버풀에 대한 기대는 별로 없었다. 다녀온 이들에게 '정말 볼 것 없다', '비틀즈와 축구 빼면 쓰러지는 도시다', '스트로베리 필드에 가면 그냥 사유공원이 하나 있고 페니 레인에 가면 그냥 길이 하나 있을 뿐이다' 등의 이야기를 많이 들었기 때문이다. 기대치가 낮았기 때문일까? 리버풀에서의 이틀은 이유도 확실치 않은 강렬한 인상을 남겼다. 밤거리의 순진무구한 흥겨움과 낮 동안의 쓸쓸한 고요함을 함께 가진 사양산업의 도시. 리버풀은 내게 이번 여행의 세렌디피티 serendipity, 뜻밖의 발견이나 운좋게 발견한 것였다.

세렌디피티. 그것은 혼자 하는 여행이 주는 가장 짜릿한 선물이다. 아무리 계획을 잘 세워도 여행중에는 예상치 못한 일이 벌어지기 마련인데, 그것이

좋은 일일 경우에는 그 순간이 여행의 절정으로 기억되곤 하는 것이다. 나는 길치라서 어디가 어딘지를 잘 알지 못하지만, 또 길치라서 세렌디피티를 자주 마주치기도 한다.

한국에 돌아오기 삼 일 전쯤 타워브리지^{Tower Bridge}를 걸어서 건너보면 어떨까 하고 가봤는데 관광객들이 너무 많아서 그러고 싶은 마음이 싹 사라졌다. 돌아서서 반대 방향으로 걷기 시작했는데 길이 마음에 들었다. 쓸쓸하지만 정감 있는, 색깔은 있지만 특징은 없는 길이었다. '나는 공원을 좋아하는데 이번 여행 동안에는 공원에 가보지 못했군'이라고 생각하며 걷다가 표지판 하나를 마주쳤다. 거기에는 '킹 에드워즈 메모리얼 파크^{King Edwards Memorial Park}'라고 써 있었다. 반가운 마음에 입구로 들어섰다. 그냥 작은 동네 공원이겠거니 하고 길을 따라 걸었는데, 얼마 지나지 않아 거짓말처럼 아름다운 템스 강의 풍경이 나타났다. 공원 안쪽이 강과 통해 있으리라고는 상상도 못했는데. 삼 일 뒤면 헤어져야 할 그 도시의 강변을 한참 동안이나 바라본 후에야 발걸음을 옮길 수 있었다.

여행중에는 그렇게 생각하지 않았던 것들도 시간이 지날수록 점점 세렌디피티로 여겨진다. 박물관에 들렀다 나와서 뜻하지 않게 런던 특유의 오는 둥 마는 둥 하는 비를 맞으며 한참을 걸었던 일, 길을 잘못 들었다가 타게 된 전철이 지상철이었는데 창밖으로 바라본 풍경이 아름다웠던 일, 무심코 돌아본 골목길을 따라 걸었는데 널찍하니 잘생긴 운동장을 발견하고는 그 펜스 주위를 돌아보았던 일 등.

혼자 한 여행은 짧게 한 연애처럼 느껴진다. 런던의 날씨치고는 이상할 만큼 맑은 날이 많았던 이 주였기에 거의 마지막 날이 다 돼서야 그곳의 전형적인 날씨를 경험할 수 있었다. 그때 밟았던 축축한 아스팔트가 정말 좋았다. 여행 넷째 날에 쓴 일기를 펴보니 이런 말이 적혀 있다. "런던에 있다는 사실을 문득문득 자각할 때마다 기분이 좋아진다. 동시에, 아, 돌아가면 이 도시를 얼마나 그리워하게 될까, 생각한다." 과연, 참 그립다.

세계인의 정류장, '이방인을 부탁해'

신경숙에게 여행은
친숙한 나와 낯선 세계가 합해져서 넓어지는 일.

7

신경숙 … 1963년 전북 정읍 출생. 서울예대 문예창작과를 졸업하고 중편 「겨울우화」로 문예중앙 신인문학상을 받으며 등단했다. 대표작으로 『풍금이 있던 자리』 『깊은 슬픔』 『외딴방』 『엄마를 부탁해』 『어디선가 나를 찾는 전화벨이 울리고』 등이 있으며, 현대문학상, 만해문학상, 동인문학상, 이상문학상 등 주요 문학상을 수상했다. 투밀리언셀러 『엄마를 부탁해』는 판권이 전 세계 33개국에 수출됐으며, 맨 아시아 문학상도 수상했다.

7.

여행은 낯선 세계로의 진입만은 아니다. 그리운 것들과의 재회의 시간이기도 하다. 이제는 이렇게 흘러가겠지, 를 뒤집는 일은 인생에서 수시로 발생한다. 모든 것이 다 끝났다고 느끼는 그 순간에도 새로운 것이 발아하는 것. 그것이 우리가 살아가는 시간이다. 예기치 않게 뉴욕을 그리워하는 시간이 내 인생에서 발생하기도 하는 것처럼.

일 년을 그곳에서 방문객으로 지내다가 다시 서울로 돌아와 내 책상에 앉을 때마다 맨해튼 52가 8애비뉴, 20층 A 원룸아파트에서 내가 쓰던 작은 2인용 탁자 모서리에 닿던 내 팔꿈치 감각이 떠오르곤 했다. 밥을 먹을 때는 식탁이었고 노트북이나 책을 올려놓으면 책상이 되어주었던 지금은 누가 사용하는지 모르는 2인용 탁자. 그 탁자에 발을 올려놓고 벽에 등을 대고 앉아 창밖으로 보이는 마천루의 불빛들을 내다보곤 했던 일 년 전의 내가 타인처럼 그립게 떠오르곤 했다.

그래서였을까. 팔 개월 만에 다시 뉴욕과 재회했을 때 공항에서 탄 택시가 맨해튼으로 들어서는데 나도 모르게 콧날이 싸아했다.

뉴욕과 재회해 여장을 풀고 내 발걸음이 찾아간 곳은 내가 살던 곳이었다. 새로운 숙소는 24가였고 예전의 거처는 52가였다. 징검다리처럼 놓여 있는 서른두 개의 블록을 걸어 내가 도착한 내가 살았던 곳. 그저 그쪽 빌딩을 한 번 올려다보고 올 생각이었는데 이십 미터 전부터 나를 알아본 도어맨이 문을 열고 기다리고 있었다. 기쁨 같기도 하고 서글픔 같기도 한 감정이 스치고 지나갔다. 도어맨은 내가 그곳을 떠난 지 팔 개월이나 지난 것을 모르고 있었다. 동양인 여자의 얼굴 구분이 잘 안 된다던데 내가 아직 그 빌딩에 살고 있는 누구누구와 닮기라도 한 것일까. "해브 어 굿 데이" 도어맨의 인사에 밝게 미소까지 지으며 떠난 지 팔 개월이 된 빌딩 안으로 들어섰다. 그대로 로비를 지나 20A의 우편함을 바라보고 엘리베이터를 타고 내가 항상 내리던 20층에 내려 저절로 코너를 돌아 20A 앞에 섰다. 지금은 누가 살고 있을까, 저 안에. 쓰레기를 들고 나오는 나, 외출하다가 안경을 두고 나와 다시 문을 열고 있는 나, 물이 잘 빠지지 않던 욕조 때문에 머리에 샴푸를 묻힌 채 욕조의 수챗구멍을 바라보고 있는 나를 생각하다가 돌아서 숙소로 돌아온 것이 그 도시와 재회에서 첫번째 한 일이었다.

잘 알려진 식당에 갔다. 바로 옆자리에 오노 요코 여사가 앉아 있었다. 맨해튼은 그런 곳 이다.

다시, 그곳으로

◇◇◇◇◇◇◇◇◇◇◇◇◇◇◇◇◇◇◇◇◇

뉴욕을 말할 때 우리는 보통 맨해튼을 생각한다. 뉴욕에 다녀왔다거나 뉴욕 얘기를 하는 사람들 사이에 등장하는 뉴욕은 사실은 맨해튼이다. 우리에게 뉴욕은 이제는 사라지고 없는 월드트레이드센터나 센트럴파크, 메트로폴리탄이나 월스트리트 등등이 상징이기 때문에 그럴 것이다. 그 모든 것들이 모여 있는 곳이 맨해튼이니까. 하지만 맨해튼만이 뉴욕이 아니다. 뉴욕 주는 미국의 오십 개 주 중의 하나이고, 뉴욕 시는 뉴욕 주에 속하는 하나의 도시이고, 뉴욕 시는 또 맨해튼, 퀸스, 브루클린, 브롱크스, 스태튼 아일랜드로 나누어진다. 맨해튼은 이들 중 가장 작은 면적인데 우리가 뉴욕이라고 말할 때의 거의 모든 것이 거기에 있다. 세계 상업과 금융시설뿐 아니라, 뮤지컬, 오페라, 패션, 음악과 미술, 게다가 세계의 다양한 음식이 모여 있는 레스토랑들. 세계 문화가 그곳에서 발생하고 그곳에서 소통된다. 나에게 맨해튼이 편안했던 것은 나처럼 길눈이 어두운 사람도 주소 하나만 가지고 있으면 어디든지 찾아갈 수 있는 곳이기도 해서였다. 거리에 나가보면 모두들 어디선가 모여든 이방인들 같았다. 나도 그중의 한 사람. 지하철 안에서든 길거리든 공원이든 카페이든 앉아서 오가는 사람들을 바라보면 어쩌면 그렇게 비슷한 사람들이 없는지. 모두들 일인 퍼포먼스를 벌이고 있는 듯했다. 노숙자들까지도. 한국에서 뉴요커라고 소개되는 멋쟁이들은 다 어디에 있는지 내 눈엔 여행객들이 더 많이 보였다. 뉴욕의 실내로 들어가보기 전에 뉴욕의

일 년간 뉴욕에서 살았던 나와, 다시 방문자가 되어 뉴욕을 찾은 나. 그 사이에 벅찬 감정이
찾아와 잠시 놀랐다.

첫인상은 세계인의 정류장 같다는 느낌이 강했다. 뉴욕에 도착해 한 달쯤 되었을 때 내 책을 만드는 에디터에게 '한국에서 뉴요커라고 하면 아주 멋쟁이로 통하고 특히 패션 스타일이 좋은 사람들을 뜻한다. 그런데 내 눈에 그런 사람들이 잘 안 보인다. 한국에 소개되는 뉴요커들은 다 어디에 있는가?' 물었더니 그녀가 즐겁게 웃음을 터뜨렸다. 그녀는 곧 미소짓더니 '아마도 그들은 실내에 있지 않을까?'라고 대답했다. 그리고 공연을 보러 다니면서 곧 그녀의 말뜻을 깨달았다.

나는 뉴욕의 겉모습에는 전혀 놀라지 않았다. 오히려 실망하기까지 했다. 도착한 첫날 밤에 나는 시차가 아니라 시도 때도 없이 울리는 119 구급차 소리 때문에 도무지 잠을 이룰 수가 없었다. 다음날 이른 아침에 5애비뉴 쪽으로 나가 센트럴파크 쪽으로 나갔을 때 나를 반긴 건 불행히도 지독한 말똥 냄새였다. 매일 아침마다 센트럴파크에서의 조깅을 생각했던 내게 센트럴파크가 보낸 첫인사는 인상을 찌푸리게 하는 말똥 냄새였던 것이다. 5애비뉴 쪽까지 갔다가 센트럴 쪽으로 방향을 튼 것이 잘못이었을 것이다. 하필 첫 센트럴파크 가는 길을 그쪽으로 잡아서 관광객을 마차에 태우고 다니는 정류소를 만났던 것이다. 여름 아침 열기 속에 섞여 있던 코를 쥐게 하던 그 말똥 냄새. 그 냄새가 센트럴파크의 강렬한 인상이 돼버리는 통에 아침마다 조깅은 무산되었다. 그 냄새를 맡으며 조깅은커녕 산책도 하기 싫었으니까. 뉴욕에 머무는 일 년 동안 아침에 센트럴에 나가보는 일은 말똥 냄새가 나지 않는 눈이 내린 겨울날 아침에 더 많이 이루어졌다. 길거리는 여행자들로 소란스럽고 북적이고 더러웠다. 말똥 냄새 말고도 가끔 코를 막고 싶을 정도로 오수가

흘러나오는 곳이 수두룩했다. 이백 리터 용량은 될 것 같은 검은 비닐로 된 쓰레기봉투 속에 가득가득 담긴 쓰레기들이 길거리에 산더미만큼 쌓여 있는 곳도 허다했다. 지하철역은 어둡다못해 쥐가 돌아다니고 빗물이 새고 청소를 하지 않아 쓰레기들이 돌아다녔다. 오래된 지하철은 걸핏하면 수리중이어서 주말이면 노선이 끊기곤 했다. 서울 같으면 그야말로 뉴스로 등장할 일이 주말엔 운행이 변경된다는 안내 메시지 한 장이 달랑 붙어 있는 것으로 끝이었다. 뉴욕 지하철이 더럽기는 이미 이 세상 사람들이 다 아는 일인데도 불구하고 막상 확인하니 듣던 것보다 더 심했다. 그 지하철을 타는 게 싫었기 때문에 웬만한 거리는 걸어다니기 시작했다. 그러면서 그러면서 그 도시의 매력에 빠져들었다. 자동차를 소유하고 있으면 더 불편한 도시가 맨해튼이다. 높은 주차료도 주차료지만 주차장 시설이 제대로 되어 있는 곳이 드물다. 그래서 그곳 사람들은 자동차가 있어도 평일에는 자연스럽게 걸어다니는 것이 몸에 밴 듯이 보였다. 그래서일 것이다. 뉴욕이라는 세계 중심 문화 도시 풍경 속에는 늘 걷는 사람들이 있다. 이십 블록 삼십 블록쯤은 거뜬히 걸어다니는 사람들이 있기 때문일까? 뉴욕의 거리를 걷다보면 수준 높은 공공미술과 마주친다. 꼭 무엇을 봐야겠다는 게 아니라 거리를 걷다보면 눈에 익숙한 조각과 벽화들을 만난다. 내가 55가의 6애비뉴에 있는 로버트 인디애나의 〈러브Love〉를 만난 것도, 어느 금융회사의 건물 로비에서 토머스 하트 벤튼의 벽화를 만난 것도, 그냥 걷다가였다. 복잡한 타임스퀘어에서 환승할 일이 있었는데 길을 잃어버려 헤매다가 고개를 들어보니 〈행복한 눈물〉의 리히텐슈타인의 벽화 앞에 서 있기도 했다. 모마MoMA라든가, 메트로폴리탄 같은 곳을 일부러 찾아가지 않아도 뉴욕이라는 공간 자체를 전시장 삼아 전시회가 수시로 벌어지기 때문에 그냥 걷다가 세계적 수준의 작품들을 시시때때로 만나게 된다. 걷는 곳이 첼시 지역일 때는 몇 걸음마다 세계적 작가들의 작품들을 전시하고 있는 갤러리가 있어 자기도 모르게 한나절을 꼬박 갤러리를 누비고 다니다가 고가 철도공원 하이라인The High Line 위로 올라가보면 그 모던함에 그만 감탄하고 만다. 원래는 화물열차가 지나다니는 철길이었는데 80년대부터 열차가 다니지 않게 되면서 음산하게 방치되어 있던 곳을 공원으로 개발한 곳이다. 고층 빌딩 사이의 허공에 떠 있는 하이라인엔 뉴요커들과 여행자들이 쉬고 있거나 걷고 있다. 철길은 그대로 있고 남북으로 삼십여 개의 블록에 걸쳐 있기 때문에 걷기에도 쉬기에도 적절한 곳인데다 서른 블록도 넘게 계속 이어지는 길에서 보는 풍경이 같은 모습이 전혀 없다. 버려진 철길에 한껏 심어놓은 야생화들 사이에서 맨해튼을 내다보면 오래된 익숙함과 방금 발생한 낯섬이 서로 만나 합쳐지는 것 같은 느낌을 받는다. 걷다가 어느 블록으로든지 빠져나갈 수 있으나 나가지지 않는 곳이 그곳이다. 하이라인의 이쪽이든 저쪽이든 걷는 것 자체를 잊어버릴 만큼 홀려 있다가 다시 거리로 내려오면 길거리 아티스트들을 수시로 만나게 되는데 거리의 악사를 실력이 수준급이어서 일 달러만 놓기가 미안해 지갑을 다시 열곤 했던 곳. 한적한 곳이면 벽에 기대어 온전히 연주를 감상하기도 하던 곳. 뉴욕 거리의 악사들은 떠돌이들이 아니다. 뉴욕 시에 공식적으로 원서를 내고 오디션에서 십 대 일의 경쟁률을 통과한 악사들이라 그 실력이 수준급이다. 거리 자체가 미술관이며 음악당인 셈이다.

뉴욕 거리의 악사들은 뉴욕 시에서 특별한 오디션을
거친다. 그래 그런가. 어디선가 음악 소리가 들리면
멈춰서고 멈춰서고를 반복하게 된다.

그냥 앉아 있다가 때로 관객이 되기도 한다

걷는 일을 그만하고 싶어지면 건물과 건물 사이에 작은 파크들이 마치 샘물처럼 놓여져 있으므로 그런 곳에 들어가 다리를 뻗고 쉬면 된다. 벌써 누군가 그곳에 앉아 책을 보고 있거나 벤치에 드러누워 하늘을 보고 있다. 모르는 사람들이지만 편하고 좋다. 작은 파크들만 있는 게 아니라 뉴욕공공도서관 옆의 브라이언트파크 같은 품격 있는 공원을 만나게 되면 그냥 저절로 발길이 그 공원 쪽으로 옮겨진다. 점심 무렵에 그쪽을 지나가게 되었을 때 빌딩 안에서 쏟아져 나온 수백 명의 오피니언들이 점심으로 먹을 샌드위치 같은 것을 테이크아웃해와 탁자와 잔디에 펼쳐놓고 담소를 즐기며 앉아 있는 모습들을 보기도 했다. 그대로 하나의 감동스런 풍경이었다. 한 사람도 같은 사람이 없었다. 다양한 인종들이 뒤섞여 하모니를 이루고 있는 모습이 너무 아름다워서 간단한 식사 후에 짧은 휴식들을 마친 그들이 오후 일을 하러 다시 빌딩 안으로 사라지는 모습까지 지켜보았다. 걷지 않았으면 만날 수 없는 풍경이었을 것이다. 이런 여름밤이면 그 브라이언트파크에서도 밤마다 무료 공연이 펼쳐진다. 발레와 오페라의 갈라쇼가 펼쳐질 때도 있고 실내악단의 연주회일 때도 있고 공원이 한순간 노천극장으로 변해 수백 명이 모여 함께 영화를 보게 될 때도 있다. 도시 한복판에서 갑자기 만나게 되는 아름답고 웅장한 공공도서관과 그 옆의 브라이언트파크에는 숱한 여행자들이 우연히 끼어들어 마천루에 둘러싸여 공연을 함께 보고 함께 휴식하고 함께 뒤섞인다. 이처럼 뉴욕은 표를 끊어 일부러 공연장에 가지 않아도 편한 신발을 신고 걷기 시작하면 그 순간부터 전시장이나 공연장에 들어서는 것과 같다. 걷다가보면 뉴욕의 곳곳에 'open to the public'이라는 안내 문구를 만날 수가 있는데 말 그대로 건물 일부분을 일반인들에게 열어놓는 곳이다. 내가 걷다가 가장 자주 들렀던 open to the public은 링컨센터 맞은편에 있던 데이비드 루벤스타인 아트리움이다. 드높은 천정과 한쪽 벽면 가득 푸른 나무숲이 펼쳐지고 언제든 공연을 할 수 있는 무대가 있는 양편으로는 자유롭게 앉아서 쉴 수 있는 테이블들이 놓여 있다. 그곳은 언제나 걷다가 들어와 쉬는 사람들로 붐빈다. 무료 무선인터넷이 되는 곳이기 때문에 젊은이들은 노트북을 켜놓고 작업을 하기도 하고 한가로이 책을 읽는 사람, 스터디를 하는 사람들이 각기들 그 공간을 자유롭게 이용한다. 온종일 앉아 있어도 누가 뭐라는 사람이 없다. 링컨센터의 모든 공연들의 한 달분 프로그램들이 비치되어 있고 그날그날 영화나 재즈 공연 뉴욕시티 발레공연 티켓 할인 안내판과 매표구도 있다. 수시로 그 무대에서 공연이 펼쳐지기도 해서 그냥 앉아 있다가 때로 관객이 되기도 한다.

인간이 글쎄 때로 이렇게 아름답다니까

뉴욕이 매력적인 또하나의 이유는 거리에서 날마다 다른 수준급의 무료 공연들이 펼쳐져서만은 아니다. 상당한 값을 지불해야 입장할 수 있는 미술관과 공연장에 시간과 정성을 가지고 들이면 입장할 수 있는 기회를 가질 수 있다. 뉴욕에 머물고 있다면 누구나에게 그곳에서 발생하는 문화를 누릴 수 있는 기회를 주기 위한 제도적 뒷받침과 문화기부 덕택이다. 어린이들은 어려서, 학생은 학생이어서, 노인은 노인이어서, 무료 입장의 기회를 주고 일반인에게도 그 기회를 마련해주는 곳이 뉴욕이다. 금요일에 '모마' 앞을 지나다보면 오후 되면서부터 줄을 길게 서 있는 사람들을 만나게 되는데, 매주 금요일 다섯시부터 문을 닫는 시간까지 평일에 20달러가 되는 입장권을 사지 않고 무료 입장을 할 수 있기 때문이다. 무료 입장의 자격은 없다. 선착순이기 때문에 줄을 서 있으면 된다. 링컨센터의 오케스트라 티켓은 250달러 정도이니 일반인에게는 비싼 값이다. 하지만 이 좌석을 20달러에 구할 수 있는 '러시 티켓'이 매일 이백 장씩 나온다. 오십 장은 무조건 줄을 서지 않아도 되도록 노인들을 위해 제외해놓고 나머지 백오십 장을 오후 여섯시부터 선착순으로 한 사람에게 두 장씩 살 수 있는 권리를 준다. 링컨센터의 오페라극장 지하에 내려가보면 이 표를 구하기 위해서 오후 한시부터 줄을 서 있는 사람들을 만난다. 선착순이기 때문에 〈라보엠〉이나 〈라트라비에타〉 같은 인기 오페라는 오전부터 줄을 서기 시작하기도 한다. 낚시의자 같은 의자를

309

들고 나와 책을 읽고 신문을 보고 담소를 나누거나 앞뒤 사람과 새로 사귀어 친구가 되어 서로 인사를 하는 사람들. 기다리는 동안 자기 일을 한다. 다섯시쯤 되면 안내원이 내려와 기다리는 사람들에게 티켓을 구할 수 있는 표를 나눠주고 매표구 앞으로 안내한다. 몇 시간씩 기다렸으나 열외가 되는 사람들이 많아 희비가 나뉘지만 그렇다고 불만을 터뜨리거나 하지 않는다. 티켓을 구할 수 있는 표를 받고 당장 여자친구에게 전화하며 웃음짓는 사람들은 봤어도 표를 받지 못해 불만을 터뜨리는 사람은 보지 못했다. 좀 아쉬워할 뿐으로 그런 일이 단 한 번 있는 게 아니라 계속되므로 또다른 날을 기약하며 돌아간다. 20달러를 내고 오케스트라석에 앉아 오페라를 감상할 수 있는 기회는 오페라의 열렬한 팬인 '아그네스 바리스'라는 사람의 기부 때문에 가능한 것이었다. 그녀는 어렸을 때 무척 가난했다. 어린 시절에 어쩌다 오페라를 보게 되었는데 그만 오페라에 매혹되었다. 그러나 돈이 없어서 마음껏 오페라를 볼 수가 없었다. 그 기억을 품고 성장한 그녀는 오페라의 열렬한 팬이 되었고 성공해서 메트로폴리탄 오페라 이사회의 이사가 된 그녀는 남편과 함께 매일 이백 석의 오케스트라석의 요금을 대신 내주는 기부를 하게 되었다. 오페라에 매혹된 한 소녀의 꿈이 이룬 문화기부인 셈이다. 그 소녀를 생각하며 눈꺼풀이 아래로 축 내려올 정도로 유쾌하게 웃었다. 인간이 글쎄 때로 이렇게 아름답다니까, 생각하며. 뉴욕에서 지내는 동안 한 달에 한 편씩 드레스석에서 오페라를 감상할 수 있는 시즌표를 구해서 호강을 했었다. 지정석이었으므로 나하고 약속을 한 건 아니었지만 한 달에 한 번 내 옆자리에 앉는 같은 남자를 열 번 만났다. 친한 친구도 어느덧 한 계절에 한 번

메트로폴리탄 오페라하우스의 천장. 공연이 시작되기를 기다리면서 고개를 젖히고 위를 올려다보면 화려하면서도 우아한 장식에 마음이 차분해진다. 그리고 곧 막이 오른다.

만나기 어려운 일상을 살아가고 있는 것에 비하면 모르는 외국인과 한 달에 한 번 만나곤 했으니 그것도 참 인연이라면 인연이었다. 중년의 그는 혼자였고 잘 웃지 않는 사람이었지만 내가 지나가면 몸을 뒤로 젖히고 다리를 오므려 잘 지나갈 수 있게 해주곤 했다. 세번째 만났을 땐 서로 웃기도 했다. 그리고 지금은 가끔 그 사람을 생각하기도 한다. 그는 왜 혼자였을까(?)를. 시즌표의 매뉴얼에 들어 있지 않은 오페라들은 나도 가끔 줄을 서 기다렸다가 표를 받아 20달러를 내고 보기도 했다. 그들 중 누군가를 따라 담요를 가져가 바닥에 깔고 앉아 그들 속에 섞여 책을 읽거나 이메일을 확인하기도 했다. 기다리는 사람들 중에 간혹 여행자들도 섞여 있었고 그들은 배낭을 베고 달콤한 잠을 자기도 했다. 모르긴 해도 그 여행자들도 아마 놀랐을 것이다. 줄을 서는 시간이 길긴 했으나 200달러를 내고 구한 좌석보다 20달러를 내고 받은 좌석이 비교할 수 없도록 좋았으니. 그건 시늉이 아니라는 뜻이다. 나는 오페라의 막이 오르기 직전의 순간들을 좋아했다. 천정에서 내려온 크리스털 샹들리에에서 퍼져나오는 오렌지빛 조명이 만석인 객석을 은은하게 비춰주는 시간을. 그 샹들리에가 천정으로 올라가면 곧 공연이 시작된다는 신호다. 사람들이 큼큼 소리로 목을 가다듬고 오페라글라스를 꺼내고 그리고 서서히 침묵 속으로 잦아드는 그 순간들을. 다시 찾은 오페라 극장에 여전히 사람들이 꽉 차 있다. 하루 이틀도 아니고 시즌 내내 계속되는 만석인 관객들의 행렬. 부러웠다. 그 힘은 대체 어디서 나오는 것일까. 그러고 보니 뉴욕의 공연장은 대체로 그랬다. 요요마의 카네기홀 공연이 있었을 때 삼 주 전에 표를 끊으러 갔는데 솔드아웃이었다. 벌써 매진이라니? 나는 놀라고 매표원은 요요마의 표를 이제야 끊으러오다니…… 하는 표정을 지었다. 알파치노가 주연을 맡았던 연극 〈베니스의 상인〉 티켓을 구하러 갔을 때도 마찬가지였다. 자살한 패션디자이너 알렉산더 맥퀸 전이 메트로폴리탄에서 벌어졌을 때 이른 오전에 가봤는데도 줄이 몇 겹으로 구불구불했다. 매일매일 각각 다른 장소에서 그토록 많은 공연이 무대에 오르고 있는데도 항상 좌석이 꽉 차는 곳, 뉴욕은 그런 곳이었다.

팔 개월 만에 재회한 뉴욕에서 틈이 날 때마다 줄곧 내가 하는 일은 내가 다
녀본 장소들을 다시 가보는 거였다. 같은 길, 공원, 서점, 마켓, 극장, 레스
토랑…… 나는 그 장소를 떠나 서울로 돌아갔지만 나를 따라오지 못한 내가
거기 남아 있었다. 다시 서울로 돌아오기 전의 어느 아침에 찾아갔던 곳은
뉴욕 필하모니 오픈 리허설이 열리는 링컨센터의 에디 피셔홀엘 갔다. 나는
이른 아침 그곳에서 벌어지는 오픈 리허설 시간을 참 좋아했다. 모른긴 해도
리허설을 돈을 받고 오픈하는 공연이 뉴욕이라는 도시의 뉴욕 필하모니 말
고 또 있을른지. 저녁 일곱시 무렵의 첫 공연이 시작되는 날 이른 아침에 마
지막 리허설을 관객과 함께하는 것이 오픈 리허설이다. 본공연이 아니고 리

허설이기 때문에 지휘자며 연주자들이 평상복을 입고 무대에서 연습을 한다. 18달러를 주고 산 티켓은 좌석이 지정되어 있지 않다. 들어가서 앉고 싶은 곳에 앉으면 된다. 오전 아홉시라는 이른 아침의 오픈 리허설이니 관객이 없을 거라고 생각하면 오산이다. 본공연만큼이나 뉴욕 시민들이 가득이다. 그들은 오픈 리허설을 들으며 책을 읽기도 하고 신문을 보기도 한다. 이따끔 고개를 들어 독주자와 오케스트라의 지휘자가 서로 조율하는 모습을 바라보기도 한다. 청바지를 입고 리허설 무대에서 연주에 몰두하던 조슈아 벨을 봤던 것도 오픈 리허설에서였다. 리허설을 통해 연주는 점차 제자리를 찾는다. 때로는 본공연처럼 처음부터 끝까지 연주가 이어지기도 한다. 그래도 리허설이니 모든 것을 갖추고 펼쳐지는 본공연보다 한결 편하고 자유스럽다.

리허설이 끝나고 연주자들이 흩어졌다. 사람들이 웅성거리며 홀을 빠져나갔다. 나도 일어서다가 이제 저녁에 정식으로 본공연이 시작될 때까지 침묵을 지키고 있을 무대를 바라보며 작별인사를 했다. 또 올게, 라고. 에디 피셔 홀을 나와 예전에 들러서 책이나 문구류를 사곤 했던 서점 쪽으로 걸어가보니 서점이 문을 닫았다. 그 자리에 센트리 21이라는 할인 매장이 들어서 있었다. 그 장소가 서점이었을 때 3층 잡지 코너로 올라가 한나절 내내 잡지를 들춰보던 내 모습이 떠올랐다. 다시는 그 서점에 갈 수 없겠지. 서운해서 얼른 돌아섰다.

내 책상 하나 두고 싶어졌다

예전에 걸었던 아는 길, 밤 산책을 즐기던 공원, 회원권을 만들었던 서점, 망고와 아보카도를 즐겨 사던 마켓, 예술영화 전용극장, 일본 라면집, 중국식 게볶음집, 세 가지 스파게티를 한 접시에 담아주던 레스토랑…… 나는 그 장소를 떠나 서울로 돌아갔지만 나를 따라오지 못한 내가 거기 남아 있었다. 나는 여전히 낯선 곳에 가면 그곳이 익숙해질 때까지 기다려야 글을 쓸 수 있는 사람이다. 그러므로 장소를 옮겨다니며 글을 쓰는 일, 카페 같은 곳에서 글을 쓰는 건 내 세계가 아니라고 생각하며 살고 있다. 그런 내가 문을 닫고 들어 앉으면 완벽히 혼자가 되지만 문만 열고 나서면 세계의 중심과 통하는 도시 뉴욕에 내 책상을 하나 놓아두고 싶어졌다.

뉴욕은 어느새 나에게 그런 곳이 되어 있었다.

과거가 살아 있는 도시 **퀘벡에서**
축제의 날들을 보내다

이적에게 여행은
현실을 벗어나 가상현실 속으로 들어가는 것,
문득 정신을 차려보니 낯선 사람들 사이에 앉아 있는 것.

이적 … 1974년 출생. 서울대 사회학과 졸업. 1995년 패닉 1집으로 데뷔. 긱스, 카니발, 솔로 등을 거치며, 〈달팽이〉〈왼손잡이〉〈거위의 꿈〉〈하늘을 달리다〉〈다행이다〉〈압구정 날라리〉〈말하는 대로〉 등의 노래를 만들고 부름. 2005년 환상소설집 『지문사냥꾼』 발표. 〈별밤〉을 비롯한 다수의 라디오 방송 DJ와 TV 〈이적의 음악공간〉 MC를 맡았다.

1

∞

비행기 기내식은 말하자면 일종의 가상현실 같다. 스테이크라는 메뉴를 시키면 특유의 접시에 스테이크와 매우 닮은 무엇인가가 담겨 나온다. 의심 가득한 표정으로 포크와 나이프를 들고 고기를 썰어 입안에 넣는 순간, 우리는 다시 복잡한 심경에 빠져들게 된다. 이 음식을 스테이크의 범주에 넣어야 할까. 스테이크라는 개념을 얼마나 너그럽게 확장해야 이것이 그 외곽 어느 언저리에나마 겨우 발을 걸치게 될 것인가. 절대 순순히 분해되지 않는 고기 조각을 십 분 동안 참을성 있게 질겅거리며 우린 갑자기 스테이크가 스테이크답기 위해 필요한 요소 일곱 가지 정도를 머릿속으로 꼽아볼 드문 성찰의 기회를 얻게 된다. 웅웅거리는 엔진 소음에 약간의 와인, 옆 좌석 승객들의 방귀 냄새까지 거드니 정신은 점점 혼미해지고, 고기를 입에 문 채 나도 모르게 잠에 빠져들었다 정신을 차려보면 바로 목적지! 다른 세계로 가는 웜홀을 빠져나온 것일까. 내가 살던 곳과 전혀 다른 이곳에 어느 틈에 도착한 걸까. 기내식은 어쩌면 치밀하게 준비된 약물이었던 걸까. 이왕 그런 거라면 이

스테이크보다 '스테이크맛 나는 알약' 쪽이 차라리 더 나을 것 같은데. 어쨌든, (이번에도 기내식의 도움으로 무사히) 우리는 목적지에 도착했다.

2
⬦

캐나다는 처음이다. 캐나다에 악감정이 있는 것도 아닌데 묘하게도 여행 계획을 짤 때마다 우선순위에서 뒤로 밀리곤 했다. 아마 캐나다에 대해 갖고 있는 모종의 선입견들이 작용했을 것이다. 매우 아름다운 광활한 자연 속에 어이없을 정도로 낮은 인구밀도로 살고 있는 사람들이 모두 한없이 건실할 것 같은 느낌. 난 캐나다를 '착한 미국 혹은 조금 더 심심한 미국' 정도로 생각했던 것 같고, 그러니 자연히 더 뜨겁고 어둡고 에너지 넘치는 여행지를 찾아다니다 이제야 캐나다에 첫발을 딛게 된 거겠지.

헌데 캐나다와의 첫 만남은 생각처럼 평화롭지 않았다. 입국심사 과정에서 함께 간 이병률 시인이 정밀입국심사 대상에 올랐기 때문이다. 아마도 그의 아랍국가 방문 기록과 적은 현금보유액 때문이라 추정되는데, 캐나다 관광청의 공식초청장을 제시할 타이밍마저 놓치는 바람에, 우리는 별도의 입국심사실로 들어가 마냥 대기해야만 했다. 관리들은 모두 어떻게 하면 최대한 느리게 움직일까를 서로 경쟁하는 것처럼 보였고, 길게 늘어서 억울함을 호소하는 사람들과 눈을 마주치지 않으려 아예 몸을 돌리고 있었다. 한 시

많은 사람들이 모여 있었고 그 속에서 웃었다. 웃으면서
알았다. 축제의 주인공은 바로 자기 자신이라는 것을.

간 이상의 막막한 기다림 끝에 그나마 말이 통할 것 같은 젊은 관리를 붙잡고 '초청장'을 보여주며 설명한 끝에 겨우 빠져나올 수 있었지만, 그곳에서 본 많은 것들은 이후 내 마음속 낮은 곳에 웅덩이처럼 고여 쉬이 사라지지 않았다. 고압적이고 불친절한 관리들. 무력하게 해명할 기회가 주어지길 하염없이 기다리는 비백인 여행자들. 미국으로의 밀입국이 워낙 성행해 입국심사가 까다로워졌다는 설명을 듣긴 했지만, 불법체류를 막아야 한다는 명분엔 동의하지 않을 수 없지만, 국가와 인종의 위계를 적나라하게 강요하는 듯 느껴지던 그날의 냉정한 공기는 이 세계에서 아시아인으로 산다는 것에 대해 많은 것을 생각하게 했다. 한국이란 나라도 어떤 이들에게 그런 어두운 기억을 남기고 있을 것이다. 덕분에(라고 하기는 조금 뭐하지만) 캐나다 여행 내내 화창한 날씨와 친절한 사람들 속에서도 마냥 감복하고 칭송하고 들뜨는 일은 없었으니 이걸 다행이라고 할 수 있을지.

이번에 여행한 곳은 캐나다 중에서도 퀘벡 주의 두 도시다. 몬트리올과 퀘벡. (퀘벡 주와의 혼동을 막기 위해 퀘벡 시라고 부르기로 하자.) 중고교 시절 배웠듯이 북미에서 독립적인 섬처럼 프랑스어를 쓰는 지역이다. 모든 표지판과 광고 등엔 프랑스어와 영어를 병기한다. 무척 불편할 것 같지만, 다들 잘 살고 있다. (당연한 얘기인가.) 2개 국어 이상을 하는 것이 당연시되고, 우리를 만나면 영어가 편한지 프랑스어가 편한지 묻는다. 허나 기본적인 '모국어 first language'는 프랑스어이고 영어는 어디까지나 '제1외국어 second language'의 느낌이다. 몬트리올에서 불어 대 영어의 사용 비중이 팔 대 이 정도로 느껴졌다면 퀘벡 시에선 구 대 일 정도로 더욱 압도적인 불어권의 형국을 띤다.

처음 방문한 도시는 몬트리올이다. 세계적으로 유명한 몬트리올 재즈페스티벌 기간이었다. 숙소는 재즈페스티벌의 야외행사가 열리는 심장부에 위치한 대형호텔이었는데, 늦은 밤 도착하자, 불과 몇 분 전에 전기적인 문제로 화재경보가 울리는 바람에 모든 투숙객이 호텔 앞에 비상 대피해 있는 상황이었다. 캐나다 여행이 녹록치 않겠다라는 생각과 함께 짐을 맡기고 자의 반 타의 반 심야 야외공연을 보러 거리로 나선다. 도심 한복판에서 포르투갈의 국민음악인 파두 fado 아티스트가 군중 앞에서 멋진 연주를 들려주고 있다. 모두들 적당히 유쾌하고 부드럽게 음악에 취한 느낌이다. 열광적인 한국관객들에 비하면 조금 뜨뜻미지근해 보이기도 하지만 도시 전체

축제의 열기는 늦은 밤 골목에서도 흥건했다. 파리에 와 있는 듯한 착각을 불러일으킬 정도
로 퀘벡 시티에서는 '프렌치'의 깊은 정서들을 쉽게 만날 수 있었다.

가 음악을 끌어안은 모습이 무척 여유 있어 보인다.

사실 이제는 한국의 재즈페스티벌들도 워낙 많이 성장해서 훌륭한 아티스트들이 수시로 내한하기 때문에 몬트리올 재즈페스티벌의 라인업이 독보적이었다고 얘기하긴 쉽지 않을 것 같다. 도리어 전혀 기대하지 않았던 퀘벡 시의 여름 페스티벌에서 굉장한 출연진들을 만나게 된다. 알고 보니 북미 최대의 음악 페스티벌이 매년 그곳에서 벌어지고 있었고, 나는 부랴부랴 체류를 삼 일 연장하면서 다채로운 음악공연을 만끽했다. 우리의 캐나다 여행 전체에 걸친 또하나의 동반자는 멋진 음악이었던 셈이다.

4

몬트리올은 어디서나 볼 수 있는 대도시 같지만, 도심을 벗어나면 금세 야트막한 이층집들이 늘어선 고즈넉한 분위기가 연출된다. 세계에서 예술종사자의 인구밀도가 가장 높은 도시라고 한다. 유럽인들이 처음 상륙해서 만든 구시가^{Old city}도 매력적이지만, 자유분방한 히피와 예술가들이 모여들며 시작됐다는 몽호얄^{Mont Royal} 거리의 창조적인 공기가 젊은이들에겐 더욱 흥미롭게 느껴질 것 같다.

몬트리올을 방문한 이들이 어김없이 감탄하는 곳은 대형 농산물 직거래 시장 '장 탈롱^{Jean Talon} 시장'이다. 인근에서 출하된 신선한 과일과 채소가 너무도 예쁘게 진열되고 판매되는 농산물 시장이다. 그저 바라보는 것만으로도 입안에 침이 고이는 형형색색의 과일과 채소들. 그 진열 방식을 우리나라에 도입한다면 그것만으로도 판매가 두어 배는 늘 텐데……. 농민들이 직접 재배한 작물을 직접 판매한다는 점도 중요한 의미가 있다. 농작물 외에도 빵이나 향료, 올리브오일이나 치즈, 메이플시럽과 와인 등을 파는 아름다운 상점들이 즐비하다. 내가 사는 도시가 꼭 갖고 있었으면 하는 사랑스러운 시장이다.

일정 중엔 퀸 엘리자베스 호텔의 '존 레논 스위트' 방문이 끼어 있었다. 1969년 존 레논과 그의 아내 오노 요코가 침대에 들어 앉아 평화를 위한 퍼포먼스를 했던 그곳. 노래 〈평화에게 기회를^{Give Peace a Chance}〉가 쓰이고 녹음

몬트리올 장 탈롱 시장에서는
정말 많이 행복했던 것 같다.
야채들과 과일들 사이를 산책
하는 것만으로도 말이다.

된 곳이다. '비틀즈 관광상품'이라면 리버풀과 런던에서 볼 만큼 봤다고 생각했는데, 캐나다 몬트리올에도 그의 족적이 있을 줄이야. 위대한 아티스트의 행보 하나하나가 후대를 먹여 살리는 이 광경. 리버풀의 존 레논 생가로부터 맨해튼의 그가 살해된 아파트 앞까지 이어지는 존 레논 투어마저 존재할 것 같다. '존 레논 스위트'에서 그가 누웠던 침대에 앉아 그닥 내키지 않는 촬영을 하면서 우리가 세상을 떠난 아티스트를 지나치게 착취하는 것은 아닌가 하는 죄책감을 떨칠 수 없었다. 물론, 비틀즈 마니아라면 한번 들러볼 만한 곳이지만.

몬트리올이 낳은 세계적인 문화상품으로 〈태양의 서커스 ^{Le Cirque du Soleil}〉가 있다. 서커스와 연극, 무용, 음악 등의 요소를 환상적으로 종합시켜 종합예술의 정점을 실연하는 이들의 무대는 한국에서도 여러 차례 큰 사랑을 받았으니 긴 설명이 필요 없겠다. 몬트리올에 이들의 본부와 트레이닝센터가 있고, 세인트로렌스 강변의 대형천막무대에서 늘 최신작을 공연한다. 세인트로렌스 강에서 크루즈를 마치고 관람한 것이 〈아말루나 ^{Amaluna}〉라는 신작이었는데, 여성을 전면에 내세운, 기존 작품들보다 퍽 업그레이드된 작품이었다. 간혹 벌어지는 실수에 더 큰 격려의 박수가 터져나오고, 고난도의 기예가 성공하면 올림픽 경기에서처럼 함성을 지른다. 인간이 먼 옛날 한자리에 모여 펼친 무대예술은 이렇게 모든 것이 뒤섞인 것이었겠지. 숨을 죽이며 기예를 관람하는 사람들의 눈빛은 고대 인류의 그것처럼 맑다.

〈태양의 서커스〉를 본산지에
서 보게 될 줄은. 이해하게 되
었다. 그토록 열정적인 에너지
를 쏟아 무엇을, 왜, 어떻게 만
들고 있는지를.

5

∞

나흘째 되는 날 기차를 타고 퀘벡 시로 이동했다. 역시 시간만 허락한다면 비행기보다는 기차여행이다. 창밖으로 지나가는 교외의 풍경들, 무언가 다른 선의 산자락과 숲의 모습을 보며 다른 대륙에 와 있다는 것을 실감한다. 퀘벡 시는 몬트리올과 전혀 다른 느낌의 도시다. 몬트리올이 흔히 볼 수 있는 메트로폴리스의 인상을 가지고 있다면, 퀘벡 시는 보다 작고 아기자기하며 유럽의 풍취가 진하다. 마치 도시에 안기듯이 플랫폼으로 들어선 기차에서 내리는 순간, 눈부신 햇살과 유럽풍의 건축물들이 우리를 반겼다. 프랑스의 소도시에 온 기분이다.

퀘벡페스티벌의 메인 스테이지가 펼쳐지는 곳은 '아브라함의 평원'인데 이 곳 역시 영국군과 프랑스군의 역사적 전투가 있었던 격전지였다 한다. 이런 역사적인 설명을 듣고 있노라면 퀘벡인들은 프랑스, 영국, 그리고 자국 캐나다와 우리로선 짐작하기 어려운 심리적 관계를 형성할 것 같다는 생각이 드는 것이 당연. 가이드 역시 "퀘벡인들은 미국인들처럼 애국적이지 않다. 물론 캐나다인이기는 하지만, 우린 그보다 먼저 퀘벡인이다"라고 말한다. 캐나다라는 국가와 느슨한 연관을 맺은 자치지역으로, 불어권이기에 프랑스와 강한 심정적, 문화적 유대를 갖고 있는 퀘벡은 단답형의 국가-민족정체성에 익숙한 우리에게 많은 질문을 던진다.

6

퀘벡 시의 하이라이트는 물론 구시가다. 돌길이 깔린 유럽적 도시가 아름답게 펼쳐진다. 퀘벡 여름 페스티벌 기간이기에 세계 각지에서 온 관광객들이 넘쳐난다.

구시가엔 심지어 17세기부터 영업을 해왔다는 식당도 있다. 전통요리를 추천해달라고 하니 전통의상을 입은 스태프들이 물소, 사슴, 멧돼지 등 야생동물 고기요리를 내왔다. 특유의 야생동물 냄새가 조금 역하지만 몇백 년전의 식탁에 앉은 기분이 묘하다. 민속촌처럼 인공적으로 구성된 공간은 아니지만, 관광객을 대상으로 한 전통의 상품화는 선명하다. 한 도시의 과거가 현재와 물 흐르듯이 연결되는 것과 이렇게 상품으로써 포장되어 공급되는 것에는 어떤 차이가 있을까. 물론 서울처럼 어느 시점을 경계로 과거의 공간이 거의 완전히 단절되고, 사라져버린 도시에 사는 사람으로서는 이조차 부러울 뿐이지만.

요리 이야기가 나와 참고로 덧붙이자면, 퀘벡 시의 요리 수준은 세계 어디내놓아도 부끄럽지 않을 정도로 높다. 어느 레스토랑이든 프렌치를 기반으로 한 최고 수준의 요리가 나온다. 특히 인상적이었던 곳은 우리로 치면 홍대 클럽 같은 공연장을 끼고 실험적인 요리를 선사하는 '르 서클Le Cercle'이라는 곳이었는데, 서구식 접근과 아시아적 접근이 편견 없이 자유롭게 어우러진 요리를 연신 감탄하며 즐길 수 있었다.

★ **몬트리올의 노트르담 바실리카 대성당**

1969년 몬트리올에서 존 레논과 그의 아내 오노 요코가 세계 평화를 위한 퍼포먼스를 했던 '존 레논 스위트'.

7

앞에서도 말했지만, 전혀 기대 없이 퀘벡에 갔다가 가장 놀랐던 것이 퀘벡 페스티벌의 규모와 라인업이었다. 이름으로 미루어 볼 때 조그맣고 소박한 소도시축제 정도가 아닐까 시큰둥하게 생각하고 있었건만, 현지에 도착해 프로그램을 받아든 순간 입을 다물 수가 없었다. 열흘에 걸쳐 도시 곳곳에서 수백 개의 음악무대가 펼쳐지는데, 헤드라이너들만 대충만 훑어봐도 LMFAO, 본 조비, 스크릴렉스, 에어로스미스, 사라 맥라클란 등으로 쟁쟁하다.

퀘벡 시에 도착한 이튿날 메인스테이지 헤드라이너가 본 조비였다. 사실 본 조비의 열광적인 팬은 아닌지라, (나의 학창 시절, 록마니아라고 자부하는 중고교 남학생들은 본 조비 같은 밴드들을 '팝 성향이 강하다'며 은근히 폄하하는 경향이 있었다.) 조금은 무덤덤하게 야외공연장으로 향했는데, 그곳엔 어마어마한 인파가 운집해 있었다. 나중에 주최측이 추산한 바로는 그날 밤 팔만 명이 오직 본 조비를 보러 모였다는데, 이제 오십대에 달한 초로의 록 밴드를 향한 관객들의 열광은 상상을 초월하는 것이었다. 북미의 백인들에게 이들이 어떤 존재인지가 피부로 느껴졌다. 특별한 조명이나 영상 없이 따박따박 성실히 록큰롤과 블루스에 기반한 대중적인 넘버들을 선사하는 그들의 모습을 보며, 어린 날의 빈정거림은 슬며시 사라지고 어떤 존경심이 가슴에 차올랐다. 그리고 이내 고개를 끄덕이며 드럼 비트에 몸을 맡겼다. 눈부

시게 잘생겼던 본 조비는 이제 주름을 감출 수 없는 중년의 모습이었지만, 그날 생일을 맞은 기타리스트 리치 샘보러 역시 더이상 매끈한 팔뚝을 자랑하고 있진 않았지만, 지나온 세월을 함께해준 관객들과 함께 초기 히트곡 〈리빙 온 어 프레이어Living on a Prayer〉를 거대한 합창으로 들려줄 때, 나이 따위는 밤하늘 저편으로 날아가 버리고 마는 것이다.

며칠 뒤, 본 조비보다 한 세대 위의 슈퍼 밴드 에어로스미스의 공연장도, 전 세대의 관객들이 발 디딜 틈 없이 메우고 있었다. 본 조비 때와 마찬가지로 아침부터 기다리고 있던 여성 관객들이 무대 앞에서 탱크톱을 걸친 채 열광하는 모습이 연신 중계 스크린에 등장했다. 육십대의 멤버들, 특히 보컬리스트 스티븐 타일러에게 비명을 질러대는 이십대 초반의 여성들이 처음엔 잘 납득이 안 됐지만, 어떠랴, 그것이 로큰롤의 마력인 것을. 기성세대에 저항하던 로큰롤 세대가 노인이 되어, 여전히 긴 머리를 휘날리며 악동같이 노래하고 있을 줄, 그 이전 세대의 보수적인 어른들은 상상이나 했을까. 아니, 이 뮤지션들 스스로 생각해본 적 있었을까. 하나 아쉬웠던 것은, 에어로스미스의 연주가 왠지 모르게 힘을 잃은 것처럼 들렸다는 점이다. 본 조비가 다소 무뎌진 박력을 탄탄한 호흡을 통해 성공적으로 메우고 있었던 것에 반해, 에어로스미스는 전체 밴드 사운드에 힘이 딸려 흐물흐물해지는 모습을 자꾸 노출했다. 이름값만으로 본다면 전설이라고 불릴 만한 록 밴드의 아쉬운 현재를 목격하는 것은 썩 기분좋은 일이 아니다. 공연 도중 마음속으로 예를 갖추며 조용히 빠져나올 수밖에 없었다.

그 다음날 공연을 펼친 사라 맥라클란은 캐나다를 대표하는 최고의 싱어송

여행을 좋아하지만 여행에 힘들게 끌려다니는 것은 원하
지 않는다. 적당한 자극과 적당한 발견과 적당한 리듬. 그
것만으로도 여행은 가득 채워진다.

라이터다. 사실 갑자기 삼 일 체류연장을 결정한 데에는 그녀의 공연을 봐야 겠다는 열망이 가장 크게 작용했다. 내가 너무도 사랑하는 뮤즈였고, 쉽게 내한공연이 성사되기 어려운 뮤지션이라고 생각했기에. 음악의 특성상 관중석은 그녀보다 삼십 년 가까이 나이가 많은 에어로스미스의 공연 때보다 높은 연령대의 관객들이 채우고 있었다. 조금이라도 좋은 자리를 잡기 위해 미리 공연장으로 향했는데, 원래 프로그램에 없던 어떤 여성가수가 노래를 하고 있었다. 관객들은 조금 시큰둥한 반응으로 자기들끼리 대화를 나누고 무대 위의 가수는 약간 무기력하게 개성 없는 포크송들을 들려주고 있었는데, 그녀가 자기소개를 하는 순간, 귀를 의심하지 않을 수 없었다. "뉴욕에서 온 수잔 베가입니다." 세상에. 〈루카Luka〉〈탐스 다이너Tom's Diner〉 등의 노래로 80년대 최고의 인기를 구가했던 수잔 베가라니. 그녀가 대형 히트곡을 냈던 것이 87년도 일이니 벌써 25년이 흘렀긴 하지만, 이렇게 관객들에게 무명가수 취급을 받을 줄이야. 인기라는 것에 초연하려 하지만 결코 마냥 초연할 수 없는 대중가수로서, 대중과의 공감의 끈이 끊어진 아티스트를 바라보는 것은 너무도 가슴 아픈 일이었다. 짐작컨대 수잔 베가를 존경하는 사라 맥라클란이 그녀를 초청해 자신의 무대 앞에 세워준 것이 아닌가 싶은데, 부디 수잔 베가의 음악생활이 앞으로 더 풍요로워지길.

수잔 베가를 보내고 나자 곧 사라 맥라클란이 등장했다. '국민가수'를 향한 캐나다인들의 애정 어린 환호가 마음을 따뜻하게 데워주었다. 그녀 역시 "데뷔 이후 이렇게 많은 관객들 앞에서 노래하는 건 처음"이라며 특별한 밤임을 내내 되새겨주었고, 특유의 영적인 목소리로 감동을 선사했다. 무엇보다 피아노를 치며 앵콜곡으로 들려준 〈앤젤<u>Angel</u>〉, 그 성스러운 전율을 느끼기 위해 난 무리한 일정 변경을 강행한 것이리라. 역시 충분히 가치 있는 일이었다.

개인적으로 퀘벡페스티벌의 최고의 무대는 그 며칠 전에 있었던, 덥스텝 디제이, 스크릴렉스의 공연이었다. 지금 가장 핫한 디제이로서, 온갖 화제를 몰고 다니는 스크릴렉스의 라이브는 과연 어떨까 의심 반 기대 반으로 찾아갔는데, 한마디로 '끝내줬다'. SF애니메이션에 등장할 법한 전투기 모형의 조종석에 서서 디제잉을 이끌어간 그는, 화려한 영상과 조명이 어우러져 엄청난 폭발력을 보여줬다. 8마디, 16마디마다 리듬의 변화를 통해 관객의 몸과 마음을 능수능란하게 죄었다 풀었고, 일반적인 파티 디제이와는 차원을 달리하는 창의성으로 강한 예술적인 자극을 던져줬다. 가히 미래의 음악이라 칭할 수 있을 이 디제이의 라이브를 기회가 있으면 꼭 보시길. (몇 주 전 내한공연을 펼치기도 했으니, 조만간 또 올 수 있겠지.) 음반으로만 듣고 '뭐, 잘하네. 근데 다 비슷비슷하네' 라고 접어두었더라도 편견 없이 라이브를 보시길. 생각이 싹 바뀔 것이다. '음악'이란 것에 대한 생각 자체도. 나 역시 그랬으니까.

이제까지 얘기한 헤드라이너들은 모두 메인스테이지의 출연진이었고, 도시의 곳곳, (물론 모두 걸어다닐 수 있는 범위 안에) 다양한 무대에서 다양한 장르의 아티스트들이 공연을 펼쳤다. 그 중 가장 인상적이었던 아티스트는 '테데스키 트럭스 밴드<u>Tedeschi Trucks Band</u>'라는 블루스 밴드. 플로리다 출신의 블루스 아티스트 수잔 테데스키와 데렉 트럭스가 결혼하며 각자의 밴드를 합쳐

만든 대형 블루스 밴드인데, 탄탄한 연주력과 곡 구성이 만만치 않은 내공을 자랑한다. 기타리스트 데렉 트럭스의 연주가 특히 백미인데, 피크를 쓰지 않고 오른손가락으로 줄을 퉁겨 만들어내는 톤^{음색}이 듣는 이들을 압도한다. 제프 벡이 블루스를 하던 시절을 떠올리게 하는 연주다. 바로 페스티벌에서 설치한 CD 판매부스에서 그들의 CD를 모두 사서 요즘도 즐겨 듣고 있다. 알고 보니 그래미 베스트 블루스 앨범 상을 받을 정도로 정평이 나 있는 밴드. 이런 밴드들을 사전지식 없이도 연주를 들으며 '발견'할 수 있다는 게 음악 페스티벌의 매력일 것이다.

퀘벡 여름 페스티벌 기간 동안 다양한 장르^{팝, 록, 월드뮤직, 인디포크, 일렉트로닉, 블루스 등}의 테마로 하루하루 도시 전체가 음악으로 흥청거린다. 매일 밤 수만 명의 관중이 운집한다. 북미 최대 음악 페스티벌이란 자랑이 과장이 아니다. 조용한 도시에 해질녘만 되면 어디선가 사람들이 모여든다. 주차를 할 곳도 마땅치 않으니 버스정류장엔 밤마다 사람들이 길게 늘어서 있다. 음악을 즐기기 위해 인파가 도로를 메우고 넘실대는 모습. 음악 축제의 진정한 의미는 '이 세계에 나 말고도 음악을 사랑하는 사람들이 이렇게나 많다'는 것을 확인시켜주는 데에 있는 것 아닐까. 묘한 안도감, 더 나아가 차오르는 공감의 희열, 그런 것들이 우리를 더욱 흥분시켜 평소보다 더한 음악광으로 만들어버리는 것 아닐까.

몬트리올 재즈페스티벌 공연장 앞은 공연이 시작되기 직전, 이렇게 한바탕 사람들 물결이 교차한다.

일본 도쿄의 한 선술집에서 일본 건축가와 술을 마실 때, 그가 했던 말이 기억난다. 나무상자를 쌓아 테이블로 쓰는, 1940~50년대 분위기를 재연하는 술집이었는데, "이런 술집이 오히려 그 시대에는 없었다"는 거다. 지금의 눈으로, 지금의 감각으로 재현한, '만들어진 과거'에 불과하다는 것이다. '만들어진 전통'에 대한 논쟁이야 특히 전통예술 분야에선 오래 있어왔지만, 이제 우리는 도시의 삶 속에서 그 질문에 맞닥뜨리게 된다. 과거 도시의 삶의 흔적을 어떻게 현재 도시 안에 은은히 남기느냐.

어쩌면 답이 될지도 모르는 아이디어를 퀘벡 시에서 보았다. 퀘벡 시의 강변엔 예전에 사용하던 거대한 곡물 저장창고들이 늘어서 있다. 어찌나 흉물스러운지 만화 〈미래소년 코난〉에 나오는 디스토피아적 산업도시 '인더스트리아'가 떠오를 지경이다. 시가 이걸 어떻게 처리해야 하나, 부숴야 하나 박물관으로 써야 하나 고심하던 중, 미디어 아티스트 로베르 르파주Robert Lepage가 기막힌 아이디어를 냈다. 이 창고들을 스크린 삼아 퀘벡의 역사를 담은 콜라주 영상을 상영하기로 한 것이다. 골치 아픈 흉물덩어리가 바로 폭 600미터, 높이 30미터의 초대형 아이맥스 스크린이 됐고, 이제 밤마다 높은 예술적 완성도의 아름다운 영상물이 첨단의 음악 및 음향효과와 함께 이곳에 펼쳐진다.

시민들은 강둑에 혹은 언덕에 늘어서 이 특별한 체험에 동참한다. 도시는 파괴 대신 리터치를 고안해냈고, 완전히 새로운 품격의 도시로 밤마다 다시 태어난다. 가상현실이 현실과 행복하게 끌어안는 장면을, 우리는 어쩌면 만들 수도 있을 것 같다.

안 녕
다정한
사람

ⓒ 은희경 외 2012

1판 1쇄 발행 2012년 11월 9일
1판 12쇄 발행 2017년 8월 23일

글 은희경 이명세 이병률 백영옥 김훈 박칼린 박찬일 장기하 신경숙 이적
사 진 이병률

기 획 손민호
편집장 김지향 **편집** 김지향 이희숙 박선주 **모니터링** 이희연
디자인 김현우 문성미 **지도 일러스트** 조에스더
마케팅 방미연 강혜연 **홍보** 김희숙 김상만 이천희
제 작 강신은 김동욱 임현식

펴낸이 이병률
펴낸곳 달
출판등록 2009년 5월 26일 제406-2009-000034호

주 소 10881 경기도 파주시 회동길 210
전자우편 dal@munhak.com
전화번호 031-955-2666(편집) 031-955-2688(마케팅) **팩스** 031-955-8855

ISBN 978-89-93928-52-5 03810